愛しい眠り《いとしいねむり》

愛《いと》しい眠《ねむ》り

清白《すずしろ》ミユキ

ILLUSTRATION
高宮《たかみや》 東《あずま》

CONTENTS

愛しい眠り

愛しい眠り

1

都立笹山《ささやま》病院は、日々患者で溢《あふ》れている。

病院は地下二階、地上十二階建てで、一階に受付や相談窓口、売店や花屋に図書室まで入っている。

二階からは手術室や各専門科がそろい、職員の食堂も同階にあった。

五階から上は主に病室となっていて、眺望もいい。

屋上にヘリポートまで完備した笹山病院は、都内でも有名な救急指定病院だ。

その病院で、結衣章人《ゆいあきと》は麻酔科医として働いている。

大学を卒業して七年。仕事はてきぱきとこなせるようになったが、医師として学ぶべきことはたくさんある。患者との信頼関係を築くのも、技術面の向上と同じくらい大切なものと、章人は考えている。

麻酔科医は、他《ほか》の科の医師と違って、患者と接する機会が少ない。麻酔科医というものが存在しているのすら知らない人もいるし、外科医の助手と扱われることも多い。

だが、麻酔科医は外科手術も学んだれっきとした医師で、希望さえすれば外科にも内科にも異動できる。

それでも、章人があえて麻酔科医であり続けるのは、手術において麻酔がどれだけ重要か知っているからだ。

麻酔科医は、手術室に入った患者が、最後に会話を交わす医師でもある。

少しでも彼らの不安をやわらげたいから、信頼を築くために患者とは積極的に関《かか》わるようにしている。おかげで、たくさんの人と顔見知りだ。

そんな章人の行動に、よい顔をしない医師も中にはいる。患者と必要以上に親しむのは面倒《めんどう》のもとだと、言う者もいる。

けれど章人にとって、患者と接するのはライフワークの一環だ。やめるつもりはない。

「こんにちは、今日はいい天気ですね」

時間を見つけて院内の中庭を歩き、ひとりひとりに声をかける。

「結衣先生！」

「こんにちは、結衣先生」

すぐに返ってくる挨拶《あいさつ》に笑顔で応じると、子供が腕にぴたりとくっついてきた。

「結衣先生、こんにちは」

「こんにちは、加奈《かな》ちゃん」

まだ七歳の彼女は、後天性の大動脈弁狭窄《だいどうみゃくべんきょうさく》を患《わずら》っている。

症状が軽ければ医師と相談しながら不自由なく生活できるが、成長してから症状が進行する場合もある。

いつ容態が急変して心臓が止まるかも知れないという厄介《やっかい》な病の上、彼女はひどいアレルギー体質でもあった。

どんなものに反応するかわからないリスクを抱えているため、早くから入院して幾度も検査を重ねている。

怖がりな性分だという母親の説明通り、入院した当初の加奈は人見知りが激しく、毎日怯《おび》えた顔をしていた。

挨拶すらまともにできない少女だったが、章人が根気よく顔を見せる内に慣れてくれた。今では明るい笑顔を見せてくれる。

「加奈ちゃんは、本当に結衣先生が好きね」

加奈と同じ階の病室にいる女性患者が、微笑《ほほえ》ましげに言う。すると、加奈の顔がポッと赤くなった。

「結衣先生は、キレイだから大好き」

三十路《みそじ》を越えた男相手に、それは誉《ほ》め言葉ではない。だが、周囲に集まる患者たちは、口々に同意する。

「本当、結衣先生は男にしておくのが惜しいくらいだね」

「女だったら、さぞ美人だったろうに」

「もったいねぇな」

章人は、身長は百七十七センチと日本人としては高い方だ。顔は小さくて、切れ長の大きな目をしている。

すっきりとした鼻筋に、ふっくらとした唇。茶色の髪と瞳《ひとみ》。今も美人と言われる母親にどうやら似たらしい。間接的に母を誉められているみたいで嫌ではないが、男としては複雑な気持ちだ。

「からかわないでください」

眉《まゆ》をハの字に下げれば、病院とは思えない笑いが起こる。明るい声を立てる患者たちを目にすると心が和むから、ネタにされるのも悪くないかもしれない。

釣られて笑みがこぼれる章人の目に、ふいに男の姿が映りこんだ。

気になって顔を向ければ、花壇を一つ隔てた向こう側で見知らぬ男がこちらを見ていた。

目が合った瞬間、心臓がトクリと音を立てる。

(誰《だれ》……?)

長身な上に独特の雰囲気があり、とても目を引く。

前髪を軽く掻《か》き上げた黒髪に、不遜《ふそん》にも感じられる強い瞳。

意思の固そうな精悍《せいかん》な目元と、高い鼻梁《びりょう》に薄い唇。感情の起伏を感じさせない表情は、ふてぶてしそうにも、神経質そうにも見える。

見た目から察するに、年の頃《ころ》は自分よりもやや上といったところだろうか。

こちらをジッと見やってくる男に、軽く気圧《けお》されながらも、頭を下げて挨拶をする。

章人がそうしたことで、患者たちも同じように彼に目を向けた。

「結衣先生、あの人誰？」

加奈が袖《そで》を引いて訊《たず》ねてくるが、すぐには言葉が出ない。

顔色もいいし、パジャマではなくスーツを着ているので、入院患者ではないだろう。今は面会時間だし、見舞い客かもしれない。

しかし、男の目はひたりと章人に合わさったままだ。

「結衣先生」

催促するようにまた袖を引かれるから、加奈へと視線を移す。

「お見舞いに来た人かもね」

声を一段とやわらかくして答え、再び顔を上げたが、男はすでに背を向けていた。

広い背中を見送っていると、誰ともなしに吐息がこぼれた。

「あんないい男が、世の中にはいるんだね」

「芸能人かなにか？」

入院生活で退屈している患者たちには、よい刺激だったようだ。特に女性は、年齢を問わず男の話題で盛り上がる。

そんな中、加奈が唇を尖《とが》らせた。

「結衣先生のがカッコイイもん。加奈は、結衣先生のが好き」

くりりとした瞳で見上げてきて、手をきゅっと握ってくる。

微笑ましげに患者たちが笑うのを聞きながら、加奈に礼を言う。

「ありがとう」

夕方になり風が出てきたため、皆を庭から屋内へと促す。

自身も医局に戻るため歩を進めるが、ふと立ち止まり、もう一度中庭に視線を走らせたのだが、先ほど見た男の姿は、どこにも見当たらなかった。


麻酔科控室に戻ってくると、四人いる麻酔科医の内のひとりがデスクワークをしていた。年齢が近く気安い同僚が、こちらをちらりとも見ず口を開く。

「来週から、外科にドクターがひとり来るらしいぞ」

さっき挨拶に来た、と言う同僚は、そのときの様子を面白《おもしろ》くなさそうに語る。

「これがまた、すっげぇ色男」

色男と聞いて頭をよぎったのは、庭で見かけた男だ。神経質そうな雰囲気は、なかなか白衣が似合いそうだった。

（まさか……な）

安易な想像を巡らす章人に、同僚は尚《なお》も不満そうに口を動かす。

「年齢は三十四歳で独身。十五歳で単身アメリカに渡り医学を志した。実家は、なんとあの真岡《まおか》病院だ」

「真岡って、横浜にある総合病院の？」

関東の私立としては有名で、腕の立つ医師や設備の豊富さなど、トップクラスの総合病院だ。

「そこの次男坊で、専門は心臓外科。移植手術を何度も成功させているスペシャリストでもある。手早く丁寧《ていねい》な手術をすると、アメリカでも評判がよかったらしい」

なぜそんなに詳しいんだ。疑問に思ったが、訊《き》かなくても同僚は自ら教えてくれる。

「――って、ナースたちがもう大騒ぎしてた」

面白くない。正直に呟《つぶや》いた同僚は、章人と同じ独身でここ数年彼女がいない。仕事が忙しくて、恋人を作る暇すらない。

だが、そんな暇があるなら部屋の掃除をしたいし、なにより寝たい、というのが彼にとっても章人にとっても本音だ。それでも、色男を受け入れたくない気持ちも本音らしい。

「俺《おれ》の、数少ない出会いの場が……」

「全員がなびくわけじゃないだろう」

嘆く同僚に慰めの言葉を紡ぐが、いらぬ反論が返ってきた。

「あれは絶対になびく！　というか、もう手遅れ！　ナースたちがキャーキャーキャーキャーうるさかった！」

パソコンから顔を上げて力説する同僚に、苦笑も浮かばない。

いったい、どれほどの色男だ。

同性としては気になるが、訊き返せば延々《えんえん》と愚痴《ぐち》を聞かされかねないので、口を閉ざす。

そんな話を聞いたせいか、余計に先ほどの男の姿が頭をよぎる。

気づいたら、中庭へと目をやっていた。

2

週明けにしては、比較的穏やかな朝。たっぷり休んだ休日明けだというのに、一日かけて部屋を片付けたせいで気だるさが残る。

重い身体《からだ》を苦いコーヒーで引き締め、手元の資料をまとめる。

朝一番に、手術の打ち合わせが入っている。準備を整え、十二階にあるカンファレンスルームへと向かう。

部屋の中には、すでにメンバーが揃っていた。今朝は随分と集まりがいい。

珍しさを感じつつ見渡した室内で、ひとりの男に目が留まる。

先週中庭で見かけた男が、そこにいた。

「あ……」

思わず声を上げると、白衣を着た彼が資料から顔を上げた。

目が合った瞬間、章人の心臓がまた音を立てる。整った顔立ちに冷めた表情。向けてくる視線は射抜かれそうなほどまっすぐで、目を逸《そ》らせない。近くで見ると、ますます男前だというのがわかる。

白衣を着て席についているということは、彼が噂《うわさ》の外科医だろうか？

立ち尽くしたままでいる章人に、他の医師が声をかけてくる。

「結衣先生、真岡先生は知ってるか？」

「え、あ……いえ……」

見かけた、と言えず曖昧《あいまい》に濁せば、紹介されるのも待たず、男が挨拶を寄越《よこ》す。

「真岡亮治《りょうじ》です。よろしく」

にこりとも笑わない涼しい顔で名乗る。

彼の声は低音だが、深すぎなくて耳に心地よい。つい聞き惚《ほ》れそうになり、章人は慌てて挨拶を返した。

「麻酔科の、結衣章人です。よろしくお願いします」

軽く頭を下げてからもう一度彼に視線をやれば、再び目が合った。

まだ見られているとは思っていなかったから驚いて目を見開くも、視線を逸らせない。

なにか思うところでもあるのか、まじまじとこちらを見つめてくる。感情の起伏を感じさせない瞳からは、彼がなにを考えているのかが読みとれなくて腰が引けた。

(値踏みされてるみたいだ)

あまり凝視《ぎょうし》されると落ち着かない気分にさせられる。彼の瞳は、やけに胸をざわつかせた。

「あの……なにか？」

黙っていられなくて問いかければ、他の医師たちもなにごとか？　と視線を向けてくる。

しかし、亮治はなにも答えないまま、ふいと顔を背《そむ》けた。

変わり者と言われる医師をたくさん見ているが、取っ付きにくさでは彼も相当なものだ。

章人は基本的に人見知りをしないタイプだけれど、亮治には初対面から苦手意識を植え付けられた。

居心地の悪さを感じつつも、始まった話し合いに章人は意識を集中させた。


麻酔科医が一日に数件の手術を受け持つのはもはや当たり前だ。ひどいときには、かけもちをさせられることだってある。

それはもちろん、【緊急】という単語がつくような場合だが、三次救急病院なので、仕方ないときもある。

(せめて後二人……いや、ひとりでいいからいると助かるんだけどな)

最近まで六人いた麻酔科医は、今は四人しかいない。大学に呼び戻されたり、出産を機に辞めたり、続けざまにいなくなった。

大学から応援が来るので休みは取れるものの、なかなかきつい。

眠る暇もないほど忙しいときでも、患者との会話を欠かしたことはない。

機器の確認作業を終えた頃に、看護師がストレッチャーに乗った患者を手術室へと運んでくる。

室内が途端に騒がしくなる中、患者が口を開く。

「結衣先生」

不安そうに瞳をくゆらす年配の男は、心臓の疾患を抱えている。先日入院してきたばかりで、あまり多くは接していない。それでも手術を受け持つと決まってからは、できるだけ病室に顔を出した。

「大丈夫ですか？　黒田一郎《くろだいちろう》さん」

フルネームで名前を呼び返し、本人であることを確認する。

不謹慎にならない程度の笑みを浮かべて軽く会話をすれば、黒田はなにかを言いたげに唇を動かす。だが結局なにも言わず、呼気を漏らしただけだ。

手術に対する不安は誰にだってある。そんな中、このような無機質な手術室に運ばれてくるのだからさぞ心細いだろう。

不安な気持ちが痛いほど伝わってくる。少しでも安心させたくて黒田の肩に触れようとすると、室内の空気がざわりと震えた。

目を向ければ、手術着に着替えた亮治が入ってきた。他の外科医たちよりも一足早い。

まだ新任だから早めに入ったのか、それとも仕事に対する彼なりの真剣さゆえなのか。

看護師に手伝ってもらいながら支度《したく》をする亮治を見ると、ばちりと音がしそうなほどしっかりと目が合った。

逸らすのもおかしな気がして軽く頭を下げるが、返される挨拶はない。視線は向こうから外された。

(やりづらい……)

なぜこうも視線が合うのだろう。今回はすぐに逸らされたが、苦手意識は一段と強くなった気がする。だが、これにも慣れていかなければならない。外科と麻酔科は、どうしたって切れない関係だ。溜息《ためいき》をつきたくなるのを我慢して、気持ちを入れ替え再び患者と向き合う。

「頑張りましょう」

励ましを向ければ、いくらかホッとした顔つきで頷《うなず》きが返された。

黒田の口元を酸素マスクで覆《おお》い、できるだけ穏やかに告げる。

「深呼吸するように、ゆっくり息をしてください」

黒田が深く息をつくと、身体がゆっくり弛緩《しかん》する。章人にとって、もっとも慎重になる瞬間だ。

これまで培った技術や経験の傍《かたわ》らで、いつまで経《た》ってもこの瞬間の緊張感が抜けない。かすかに恐怖すら感じているが、これは決してなくしてはならない感覚だと思っている。

「必ず、起こしてあげます」

『必ず』なんて言葉は、医師として安易に使ってはならない。訴訟《そしょう》やトラブルを避けるため、病院側からもきつく指導されている。

それでも言わずにはおれないのは、自身が麻酔科医を志した理由にある。

『麻酔をかけられる瞬間が、なにより怖い』

大学卒業間近に、恩師のひとりが手術中の事故で亡くなった。

麻酔科医であった彼だからこそ、その恐怖はひとしおだったのかもしれない。

それだというのに、なんの因果か、彼は二度と目覚めなかった。まるで不安が死を呼び込んだようで、怖くなった。

原因は、麻酔科医の判断ミス。過重労働が招いた事故だ。

決してあってはならない失敗は、関わった者すべてに重い十字架を背負わせた。

事故の一件があって、章人は外科から麻酔科へと希望を変えた。友人の中には、『せっかく学んだ技術が活《い》かされない！』と、章人を非難する者もいたが、あのときの選択には今もって後悔はない。

「信じてください」

たとえ声は聞こえなくとも、この気持ちは届くと信じたい。

そして、言葉をそのまま自分の決意へと変える。患者を目覚めさせるのも、麻酔科医の仕事だ。

亮治の手際を見学するためだろうか、手術に関係ない医師も入ってくる。

一段と室内が騒がしくなる中、モニター前に移動しようとした章人は、亮治と再び目が合った。ほとんど目元しか見えないというのに、彼がなにか言いたげな表情をしているのに気づく。

（なんだ？）

首を傾《かし》げて問いかける仕草《しぐさ》をしたが、亮治はさっさと視線を外す。気にはなったが、今は問うときではない。

章人が定位置につけば、さっそく執刀医《しっとうい》を任された亮治が声を上げた。

「始めます」

よろしくお願いします。

口々に挨拶をして、手術は始まった。

章人は時折り患者の顔色を確認しながら、開いた胸の上で動く手を見る。

仕事慣れした外科医を多く見てきたが、亮治の手術はとても丁寧で無駄がない。

（綺麗《きれい》な手だな……）

外科医であったならこうなりたい、という見本のような仕事ぶりに、憧憬《どうけい》すら覚える。

その手元から亮治の顔へと視線を向けると、瞬《まばた》き一つも惜しむような集中力が窺えた。真剣な眼差しは、普段の冷めた表情とは異なる情熱をも感じさせる。

仕事に対し真剣に取り組む態度は、同性から見ても格好いいものだ。

章人が思わず見惚れる中、鉗子《かんし》を受け取ろうとした研修医の手元がわずかにぶれた。

亮治の仕事ぶりについていけなかったのか、たまたま調子が悪かったのかわからない。それに対し本人も焦ったのだろう。研修医は自らを立て直せず、冷静さを欠いた。

「うわっ」

鉗子を受け取り損ねそうになって動揺した声に、室内に緊張が走る。

そのとき、亮治が咄嗟《とっさ》に研修医の手と鉗子を握り込んだ。

「落ち着け」

大事になるかもしれなかった危うい場面に、誰からともなく安堵《あんど》の息がこぼれる。亮治は彼の手を摑んだまま、淡々と告げた。

「俺のペースに合わせにくいなら、正直に言っていい。体調が悪いなら、早めに言え。妙なプライドや遠慮は持つな」

叱責《しっせき》を受け外されてもおかしくない場面で、亮治はあくまでも冷静だ。だが、彼が怒りを覚えているのは、瞳を見ればわかった。

(研修医の方が、殺されそうだ)

それに気づいたかどうか定かではないが、研修医は肩を落として謝罪の言葉を紡ぐ。もう大丈夫だと判断した亮治が、研修医の手を慎重に放しながら語る。

「自分を患者に置き換えるんだ」

「え?」

「命を預ける不安と信頼を知れば、医師である己《おのれ》のすべきことを見直せる」

責任が大きいからこそ、常に自分を律する必要がある。

亮治の言葉に、手術室が一瞬崇高な空気に包まれた気がした。

「再開する」

「は……はいっ」

亮治の発した声で、再び時間が動き出す。

研修医は器具をしっかり握り直すと、幾分ペースを落とした亮治と共に、慎重に手を動かす。その顔は、これまで以上に真剣さを帯びていた。

目の前で繰り広げられた光景に、章人は胸の高鳴りを抑えられなかった。

患者を救いたいという亮治の情熱を感じて、歓喜にも似た思いで身体が震える。

亮治とは挨拶しか交わしていないが、今の出来事で彼に対する信頼が芽生えた。

(真岡、亮治……先生)

心の内で名前を呟くと、胸の奥に熱い炎が点《とも》る。

トクン、トクンと音を立てる心臓の音を聞きつつ、章人はモニターへと目を移す。自分も彼に恥じることないよう、仕事に集中した。

昨日亮治が執刀した患者の覚醒《かくせい》を無事に終えると、足早に院内を移動する。

この後手術の予定が入っているが、やることは多い。

担当している患者の容態もチェックしないといけないし、デスクワークもしなければならない。やるべきことを頭で整理しながら、遅い昼食をとるため食堂へと足を踏み入れた。

素早く食べられるうどんを選んで、席に座ろうとして、亮治の姿を見つけた。

と、同時に彼の顔が上がって視線が合う。刹那《せつな》、鼓動が大きな音を上げた。

(本当、よく目が合う)

気恥ずかしさを感じつつも歩みを進めれば、彼の方もジッと見やってくる。

この後に入っている手術も、彼が執刀を務める。一緒に組めることが、自分でも不思議なほど嬉《うれ》しかった。

「ここ、いいですか?」

「……どうぞ」

声をかければ、多少間を置かれたものの同席を許してくれる。短く礼を言い、彼の正面に腰を下ろして話しかけた。

「ここに来て一週間経ちましたが、どうですか? 少しは慣れましたか?」

割り箸《ばし》を裂きながら訊ねたが、返事は素っ気ないものだ。

「ええ」

「…………」

親しみが感じられない口調に、すぐには二の句が次げなかった。

いくら章人が親しみを覚えてみても、当たり前だが彼も同じというわけではない。

それでも、話をしてみたい気持ちに変わりはない。自分は彼に興味があるのだと、心の中で素直に認めつつ話題を振る。

「アメリカの病院とは、やっぱり勝手が違うんじゃないですか？」

「そんなことはない」

「そう、ですか。でも、なにかわからないことがあったら、ぜひ女性看護師に聞いてみてくださいね。彼女たち、先生が来てとても喜んでるんですよ。真岡先生があまりにモテるんで、うちの同僚はいじけてましたけど」

ちょっとした閑話《かんわ》のつもりだったが、亮治は乗ってこない。それどころか、不快そうに顔を歪《ゆが》ませる。

「悪いが、興味ない」

「あ……すみません」

からかわれている、とでも思わせてしまっただろうか。失敗したと思い世間話をしてみるが、会話が続かない。

なにを話たら、彼と会話が成立するだろう。

(そういえば、患者さんたちと話す姿を見たことないな)

最近、院内で亮治の名前をよく耳にするが、彼が仕事以外の話をしているところを見たことがない。

『ちょっと、とっつきにくいね』

亮治を見て嬉々《きき》としていた女性たちから、早くもそんな声が上がり始めている。

医師や患者に関係なく、誰に対しても冷めた態度なのだろうか?

つい溜息が出そうになって、慌てて引っ込める。席を共にしたことを悔いはじめる気持ちを紛《まぎ》らわすため、章人はうどんを啜《すす》る。

そこへ、可愛《かわい》らしい声で名前を呼ばれた。

「結衣先生」

「加奈ちゃん?　どうしたの、こんなところで?」

医師や看護師など院内で働く者のための職員食堂に、入院患者である加奈がひとりでは来られない。付き添って来たのだろう女性看護師が、説明をくれる。

「すみません、結衣先生。加奈ちゃんが、どうしても先生に渡したいものがあるって言うもので」

「渡したいもの？」

首をひねれば、看護師に促された加奈が手に持っていた紙を開く。それは一通の手紙だった。

「結衣先生へ」

そう始まった少女の唇は、いつも話をしてくれてありがとう、という感謝を紡ぐ。手術は怖いけど『結衣先生』がいてくれるから怖くない、という信頼も伝えてくれた。

その想いに感動して、章人の眦《まなじり》がやわらかく下がる。

手紙の最後は、可愛いらしいデートの誘いだ。

「加奈、絶対泣かないから、病気が治ったら一緒に遊園地へ行ってください」

頬《ほお》をほんのりと赤く染めた少女を、見守っていた看護師が微笑ましげに見てから、章人にも笑顔を向けた。

「加奈ちゃん、一生懸命書いたんですよ」

加奈は恥ずかしそうに手紙を折りたたむと、手渡してくる。彼女の想いがつまったそれを温かい気持ちで受け取り、礼を言う。

「ありがとう」

患者から信頼されるのは、医師として嬉しいものだ。そして、初めての手術を控えた少女が、前向きに現実を受け入れる姿は、とてもいじらしかった。

「結衣先生、もしかして彼女とかいる？」

「えっ？　いや、いないよ。残念ながら、この三年間ずっとひとり身です」

心配そうに訊ねてくる加奈に、正直に答えると、彼女は瞳を輝かせる。

そこから窺える思慕の情が微笑ましい。相手が子供といえども下手な期待を抱かせるのはどうかと思えた。だが、毎日検査漬けのつまらない入院生活で、少しでも前向きになれる原動力になってくれたらいい。

不規則な労働環境で、きちんと約束を果たせるかわからないけれど、今ここで彼女の気持ちを蔑《ないがし》ろにはしたくなかった。

「遊園地だね」

希望に応《こた》えるため口を開けば、亮治の声が遮《さえぎ》るように割って入ってきた。

「結衣先生、急いだ方がいい」

「え？」

「次の手術の、準備が間に合わなくなる」

「は……はい。ですが」

まだ加奈に返事をしていない。せめて答えてからでも遅くないだろうと口を開きかけたが、彼は眉を険しく顰《ひそ》めた。

（なに？）

そのような表情をされる理由がわからない。説明を求めるように見返すが、亮治は答えてくれない。

そんな緊張感を、看護師がいち早く察してくれた。

「加奈ちゃん、結衣先生これからお仕事なんですって。お返事は、後で聞きましょうね」

加奈は迷う素振りを見せながらも、看護師の差し出した手を握る。そのとき、少女の瞳が不安そうに揺れたのを、章人は見逃さなかった。

「ごめんね、また後で」

咄嗟に声をかければ、こくりと小さな頷きが返る。

だが、加奈が踵《きびす》を返す瞬間、その瞳は亮治へと流れた。彼女のつぶらな瞳が、怯えを映し出していた。

彼の口調が、幼い加奈には怖かったのかもしれない。

（まずいな……）

少女が浮かべた不安の色に、心配を覚える。

加奈の執刀には、亮治も立ち会う。恐れを抱く相手に担当を任せるのは、患者の負担になりかねない。亮治だって、それくらい理解しているはずだ。

加奈の姿が離れたのを見届けてから、亮治に向き直る。

「どうして止めたんですか？」

納得がいかない表情を向けると、彼は眉間《みけん》を険しく寄せたまま進言してくる。

「安易な約束はすべきじゃない」

「ですが……っ」

「患者との距離を考えた方がいい」

今までも、苦言を呈されたことはある。しかし、亮治から言われるとひときわ胸が痛む。

（なんで……先生なら、わかってくれると思ってたのに……）

彼を買いかぶりすぎていたのだろうか。

ショックを受けた顔を隠しもせず見返せば、相変わらずの冷めた表情で席を立つ。

そのまま挨拶もなく離れる彼の背を見送ることすらできず、取り残された章人は肩を落とす。

正直、落胆した。

しかし、一度覚えた彼への信頼は容易に心を離れない。それどころか、頑な態度の理由が知りたくて、逆に興味が湧《わ》く。

自分でも不思議だが、亮治と目が合うたび言葉を交わすたびに、心が捕らわれる。

すでにいないと知っていながら、食堂内を見渡す。

思った通り姿がないのを残念と感じると同時に、身体の奥から焦燥めいたものが湧き起こる。

章人は急き立てられるような思いで、席を立ち上がった。

昼食後の手術は予定通り終わったものの、直後に救急搬送《はんそう》されてきた患者の緊急オペに借り出された。

終わった頃にはすっかり深夜で、入院患者たちの消灯時間はとっくに過ぎている。

院内の消灯時間すら過ぎている。

加奈への返事も、今日は無理だ。

「待ってただろうな……」

可哀想《かわいそう》なことをしてしまった。

明日は必ず訪ねよう。彼女と同じく、手紙をしたためるのもいいかもしれない。

それで喜んでくれたら、亮治に対する怯えも忘れてくれないだろうか。亮治だって患者から不安を向けられるのは不本意だろう。

その亮治とも、昼食後は言葉を交わせていない。

（もう、帰ったかな……）

遅い時間だから、帰宅していてもおかしくない。それでも居ても立ってもいられず、章人は患者の容態を確認すると、心臓外科の控室へと向かった。

「すみません、真岡先生はいらっしゃいますか？」

深夜帯でも働いている外科医は多い。

「見てないけど」

そう言われても諦め切れず、院内を探しはじめた。

手術室はもちろん、トイレや休憩所など、思いつくところを探してみたが彼の姿はない。

夜間は鍵《かぎ》がかかっていて出られない屋上へ駄目もとで向かえば、ドアが簡単に開いた。

夜の屋上はシンとしていて心が安らぐ。

月が出ていなくとも、病院の看板や街に溢れる照明で、屋上といえども結構明るい。

目を走らせれば、背を向けてベンチに座る人影を見つける。すぐに亮治だと察し、サンダルの音を立てながら近づけば、辿《たど》り着く直前に声を向けられた。

「なにか用か」

訊ねるというよりは、拒絶や牽制《けんせい》に近い。章人はその場で足を止めると、問いかけた。

「昼間、なぜ加奈ちゃんへの返事を止めたんですか？」

「答えたはずだ」

同じことを二度は言わない。

そんな言葉が言外に聞こえたが、尚も訊ねる。

「約束くらい、してもいいじゃないですか」

いや、章人も本音は少々違う。

安易な約束は確かにすべきではない。医師と患者という関係だけでなく誰とでも、不確かならば頷かない方がいい。

わかってはいるが、あのときは加奈のいじらしさと頑張りに応えたかったのだ。

「確かに時間は不規則ですが、約束を守れるよう努力します」

休みがないわけではない。加奈が元気になったら、調整して時間を作る。しかし、その言葉に亮治はぴしゃりと言い放ってきた。

「だったら、『後で』と言った約束は守れたのか？」

「そ、それは……」

守れなかったと言えず、口を閉ざす。すると、亮治が振り返ってさらに言葉を重ねてきた。

「まず、無事に退院できるかどうかを考えるべきだ」

「そういう言い方は好きじゃありません」

あまりに後ろ向きな発言に、少しだけ声が大きくなる。怒気を含ませた章人に、亮治は一つ息をついた。

「あの子の体質を考えれば、手術中になにが起こっても不思議じゃない」

「確かにそうですけど……」

麻酔の量に反応するかもしれないし、金属に反応するかもしれない。ストレスだって彼女にとってはアレルギーの対象だ。なにに反応するのか、起こってみないとわからない。

そんな彼女を、他の患者よりも少しばかり特別視しているのも確かだ。

「でも、信頼関係は大事です。先生も、それは重視なさっていたじゃないですか」

研修医に向けた言葉から、充分伝わってきた。だからこそ同じ気持ちだと感じていたのに、彼は否定する。

「医師と患者の枠を、越えるつもりはない」

「っ……」

咄嗟に反論が口をついて出なかったのは、章人自身でも思うところがあるからだ。

(行き過ぎたらいけないのは、わかっているけど……)

それでも、手術に挑む者の不安を軽くしてあげたい。反論しない章人に、亮治が少しだけ声のトーンを落とす。

「助けられなかったときは、どうする」

「手術が失敗すると、考えてるんですか!?」

驚きの声を上げるが、彼は表情を変えない。

「可能性は、ゼロではない」

「だからって……っ」

最善を尽くしても、救えない命はある。わかってはいるけれど、はじめから失敗を想定して手術には挑みたくない。

「そんな弱気では、救える命だって救えない！」

彼の口から後ろ向きな発言が出たのがショックで、憤りに近い思いが込み上げてきた。

唇を嚙む章人に対し、亮治から返る言葉はない。

シンとした静寂が、しばらく続いた。だが、その静けさのおかげで、章人は冷静さを取り戻せた。

「……すみません」

彼の言い分だって間違っていない。不測の自体が起こる可能性は、常に念頭に置かなければならない。それなのに、勝手な理想を押し付けた。

医師としても大人としても、ひどく幼稚な感情をぶつけてしまった。反省を込めて詫《わ》びれば、亮治から意外にも肯定の言葉が返ってきた。

「構わない。どちらも間違いではない」

「あ……りがとうございます」

彼の大人な対応に、自身の態度が余計恥ずかしくなる。章人はもう一度謝ってから、それでも躊躇《ためら》いがちに訊ねた。

「あの……隣、座ってもいいですか？」

許可を請えば、「ああ」と短い返事がある。

言った後で恥ずかしさが湧いてきたけれど、ひとり分の間を空けてくれるから素直に腰かける。

だが、どちらとも口を開かないものだから、再び静寂が落ちた。

落ち着かない気分はあったが、嫌な空気ではない。少しだけ速くなった心臓の音を聞いていると、おもむろに亮治が訊ねてくる。

「なぜ、外科に来なかった？」

「え？」

「それほど患者を想うならば、外科の方がやりがいはあったんじゃないのか？」

唐突な質問に理解が遅れたが、すぐに納得して薄く苦笑する。

「恩師が、亡くなったんです。麻酔事故で」

「…………」

「彼も、麻酔科医でした」

あのときの自分はまだ学生で、手術に立ち会えなかった。その無念を今も引きずっているのかもしれない。

「そのとき麻酔科医不足の現状を知って、志しました」

医師不足はなにも麻酔科だけに限った話ではないが、初めての身近な死に衝撃は大きかった。

「だから、『必ず起こす』か」

手術前の自分なりの儀式を、しっかり聞かれていた。また咎《とが》められるのだろうか、と待ち構える。

案の定、彼は非難の言葉を向けてくる。

「やめておけ。自分に枷《かせ》をかけるだけだ」

「枷、ですか？」

首をひねって意味を求めるが、彼はここではない、どこか遠くを見つめるように空へ視線を向けた。

その瞳は暗く沈んでいて、なにかあったのは一目瞭然だ。

彼が何を見ているのか気になるけれど、訊くのは不躾《ぶしつけ》だろうか。

(俺が話したからって、訊いていいわけではないよな)

だから、わかっているつもりなのに……。

亮治がここではないどこかを見つめる。それがひどく胸をざわつかせる。このまま彼がどこかへ行ってしまいそうで焦燥すら覚え、思わず口を開いた。

「アメリカで……なにかあったんですか？」

遠くへ馳《は》せていた瞳が、ゆっくりと章人を捉《とら》える。彼の意識が戻ってくる様子を見つめたが、いつもの強い視線ではない。

まだ心の一部が戻ってきていないのを感じて、胸のざわめきがさらにうるさくなる。

「真岡先生」

完全に意識を自分へと向けさせたくて、呼びかけながら亮治の腕に触れる。すると、暗く沈んだ瞳が徐々に感情を浮かべる。

少しばかり驚いた色で見やってくる彼に、章人の胸のざわめきも落ち着いた。

それだけで今は充分で、章人は少し声を明るくして告げる。

「そろそろ、戻りましょう」

笑顔で立ち上がれば、彼も倣《なら》うようにベンチを立つから、二人で歩き出す。

患者に対する互いの主張は相容《あいい》れないけれど、彼の仕事を尊敬しているし、彼の隣にいるのは意外と心地いい。

(友人に、なれないだろうか?)

隣を歩く存在に、鼓動が淡い音を立てる。

まるで初恋を知った少年みたいで、頬にほんのりと熱まで帯びてくる。

同性相手になにを勘違いしているのだろう。

自身を軽く罵倒《ばとう》しながら屋上のドアを開ければ、背中から声がかけられた。

「……亡くしたんだ」

「え……？」

唐突に放たれた言葉に、振り返ることもできずに驚きの声を上げる。その言葉が先ほどの答えだと気づいてようやく振り返ろうとしたが、肩にこつりと触れるものがあって動きが止まった。

「大切な人を、救えなかった」

うなじに、自分のものではない髪がさわりと触れる。

悲嘆を浮かべた声に、後悔が滲む。その声は、亡くなった人物が彼にとってどれほど大きい存在であったかを、章人に教えていた。

（それは……誰？）

亮治にとって、どんな人だったのか？

訊ねたい気持ちはあったが言葉にならない。代わりに、唾《つば》を飲む音がやけに大きく聞こえた。

瞬きすら忘れて静止していると、肩に触れたものがゆっくり離れる。

「……先に戻っていてくれ」

トンと、背を押されて足が前に出る。

背後で扉の閉まる重い音がした。

まるで存在を拒絶されたようで、愕然とした想いが襲う。

しばらくその場から離れられなかったが、落ち着いてくると代わりに焦燥が襲ってきた。

（誰……？　大切な人って、誰だ？）

思い浮かんだ単語は『恋人』の二文字。

途端に、腹の底に得体の知れない感情が湧く。

彼を心配する気持ちと、反して問い詰めたくなるような焦りの気持ち。彼にあんな瞳をさせる相手を考えるだけで、息苦しさを覚えた。

それが嫉妬《しっと》だと気づくのに、時間はいらなかった。

「……うそ……だろ？」

中庭で見かけてからまだ数日ほどだ。

なにより相手は男だ。

これまで付き合ってきた相手は全員女で、同性を性的な目で見た覚えもない。なにか勘違いをしているのだろう。

突然起こった自分の変化に戸惑って、章人はその場から駆け出す。

控室に戻れば、幸い誰もいない。

駆けてきたせいだけではない、激しく打ち鳴らされる鼓動を落ち着かせるため、大きく息を吸う。

けれど、高鳴る心音はなかなか収まってくれない。軽くパニックに陥っている自分に恐れすら感じたとき、ふいに目頭が熱くなった。

「なに？　なんだよ？」

ポロッ……と涙がこぼれ落ちる。

こんなところを誰かに見られたら困る。言い訳のしようがない。章人は、机の引き出しにしまっていたタオルを手に取るとトイレへと走った。

洗面所に駆け寄り、水音を立てて勢いよく顔を洗う。

落ち着け、と自分に何度も言い聞かせた。

これはなにかの間違い。夜の屋上で、変な空気に中《あ》てられたに違いない。そうでもなければ、他に説明がつかない。

（違う、違う……っ、絶対に間違ってる！）

水が跳ねるのも気に留《とど》めず顔を洗い、否定を繰り返す。何度も行っていると息が苦しくなってくるから、ようやく手を止めた。

洗面台に手をつき、呼吸を整え、流れ続ける水を見つめる。

単調な水流を見ていると、気持ちが落ち着いてくる。息は多少上がっているが、喘《あえ》ぐほどではない。

やっと蛇口をひねって水を止め、タオルで水気を拭《ふ》き取り、顔を上げた。

鏡には情けない姿が映る。

前髪どころか、胸もとも袖もびしょびしょに濡《ぬ》れて、タオルから覗く目は充血していた。

我がことながら見ていられなくて、タオルで顔を覆いながら部屋へ戻る。途中で看護師に声をかけられて応えたが、みっともないくらい鼻声だった。

「大丈夫ですか？」

「ありがとう」

心配する看護師に礼を言って、足早に立ち去る。

部屋に戻ったが、まだ誰もいない。ホッとしてソファに寝転がり、タオルを目元に宛《あ》てがうと、深く息をついた。

（いったい……なんだったんだ……）

ほんの一瞬でたくさんの感情に苛《さいな》まれた。

対応できなくて取り乱すなんて、人生初めての経験だ。手術前じゃなくてよかった。

横になったまま、自分に起こった変化について考えたが、放心したみたいに頭がぼんやりとしてなにも浮かんでこない。

しばらくその状態でいたが、こんなところを同僚に見られたくない。

章人は思考するのをやめて、ソファから身を起こす。

「……帰ろう」

明日も亮治と一緒に手術がある。手術までには、なんとしてもこの気持ちを整えておきたかった。

帰り支度を終えると、部屋の明かりを半分ほど落として部屋を後にする。

帰り際に心臓外科の前を通れば、開いたドアの先に亮治の姿が見えた。デスクに向かって書き物をする姿に、ぎゅっと音がしそうなほど胸が締め付けられる。

彼の姿を見るだけで、わけもなく泣きたくなるから、急いでその場を離れる。

立ち去る瞬間、亮治の頭が上がったのを目の端が捉えた。だから、章人は足早に病院を後にした。


ひとり暮らしのマンションから勤務先の病院までは、バスで十分の距離にある。今朝は、その距離が一段と短く感じられた。

(結局、なにも考えられなかった……)

昨晩は、部屋に帰った途端に身体がダウンした。知恵熱でも出ていたのか、頭痛まででした。

朝になって頭はすっきりしたものの、すぐに答えが出るものではない。シャワーを浴びてさらに頭はクリアになったが、考えても昨夜の感情を理解できない。

(やっぱり、嫉妬するなんてありえない)

いくら考えてみても、やはり嫉妬する理由には至らない。

あのときは、お互いに感傷的だった。雰囲気に流されて気分が高ぶっていたと思うのが妥当《だとう》だ。

（……だよな）

無理やり納得した感はあるが、この答えが最良だろう。難しく考える必要はない。世の中には気づかなくていい感情もある。

なかったことにしよう。章人はそう結論づけた。

気分を一新し、病院前で停車したバスを降りる。それなのに、降りた途端に心臓がドクリと音を立てた。

病院の前で止まったタクシーから、亮治が降り立った。

なぜ、今一番会いたくない人物に、朝一番に出会ってしまうのだろう。これはもう不運としか言いようがない。

無様《ぶざま》に固まったままでいると、目が合った亮治が挨拶をくれる。

「おはよう」

彼にもぎこちなさが窺《うかが》えたけれど、自分の比ではない。

「お、おはよう、ございます」

思わず顔が強張《こわば》ってしまう。その様子を観察でもするみたいに見つめられて、さらに緊張が高まった。

入り口で動きを止める二人を、出勤してきた職員たちが、不審そうな顔で通り過ぎて行く。

そんな居心地の悪さを感じる余裕もなく、緊張に耐え切れなくて声を上げた。

「そ、それじゃあ、俺、お先に……っ」

同じ階に向かうのに、『お先に』というのはあまりに不自然だ。避けています、と言っているようなものだったが、足の運びは止まらなかった。

(やっぱり変だ……緊張する)

亮治の顔を見ただけで思考も身体も固まるなんて、あきらかにおかしい。

またぐるぐると疑問が脳裏を巡るから、章人はそれを追い払うように頭を振る。

「とにかく、仕事だ」

麻酔科の部屋に飛び込んで、挨拶もそこそこに更衣室へと向かう。今は仕事に集中したい。

一旦《いったん》思考を打ち切るためにも、朝から精力的に仕事をこなす。同僚が「燃えてるなぁ」と揶揄《やゆ》してきたが、応じる余裕はなかった。


「結衣先生!」

中庭のベンチでぼんやりしていると、傍らから大きな声をかけられてハッとした。

驚きの目をやれば、馴染《なじ》みの顔がある。

「加奈ちゃん……」

「どうしたの？　今日の結衣先生、ちょっとヘン」

容赦ない子供の言葉に、苦笑いを返す。

すると、加奈は興味津々といった瞳で覗き込んできた。

「先生、悩みごと？」

「ああ……うん、ちょっとね」

彼女が目敏《めざと》いのか、自分の態度があからさまだったのか、その両方かな……などと思っていると再度ハッとした。

「あ、昨日の返事、まだだったよね」

遊園地へ行くという、約束の返事をしていない。

朝一番に訪ねようと思っていたのに、すっかり仕事に没頭してしまった。

「昨日はごめんね。手術がたくさん入ってて行けなかった」

もしかして起きて待ってた？

そう訊ねると、加奈が白い頬を朱に染める。

「待ってないもん」

わかりやすい子供の態度は見ていて微笑ましい。心の中でもう一度詫びてから、笑顔を返した。

「加奈ちゃんが元気になったら、一緒に遊園地行こう」

「本当!?」

嬉々とした表情で、「絶対!?」と念を押してくる加奈に、章人は頷く。

「約束」

小指を出せば、小さな指がそこに絡む。

元気に指きりの歌を歌いながら、手を振る。

「指きった！」

二人の小指が離れると、加奈がさらに言葉を重ねてきた。

「絶対――」

しかし、中途半端に言葉は途切れ、赤かった頬が蒼白《そうはく》に変わっていく。

不審に思い加奈の視線を辿ると、すぐ近くに亮冶がいた。

加奈はささっと章人の影に隠れて、亮冶の視線から逃げる。

今のを見られていただろうか。いや、見られたのだろう。賛同できない心境を表すように、彼の眉間がわずかに寄る。

それに固まったのは、なにも加奈だけではない。昨晩彼から言われた言葉が脳裏をよぎって、章人の顔も強張った。

(まずかったかな……いや、まずいよな？　患者との距離間を説かれたばっかりだ)

誰もなにも言わない奇妙な緊張感が漂う中、一番早く反応したのは加奈だ。

「……こわい」

口の中でぼそっと呟いた声に、章人の意識は一気に彼女へと集中した。怖がりの彼女には、殊更恐怖心を植え付けたくない。そんな気持ちが、咄嗟に章人の口を開かせた。

「だ、大丈夫！　真岡先生もね、加奈ちゃんが元気になったら一緒に遊園地へ行ってくれるって！」

途端に起こった沈黙に、章人は遅まきながら失敗したことを知る。

「結衣」

亮治が名前を呼んでくる。呼び捨てられたことなど、気にもならなかった。呆《あき》れとも怒りともつかない低い声に、首を竦める。

加奈を怖がらせたくなくて思わず口走ってしまったが、さすがに行き過ぎた言動だった。すぐに詫びようとしたが、思い直して口を閉ざす。

ここで謝罪をすれば、加奈に不審を抱かせるだけだ。

加奈にはどうしても、亮治の手術を受けてほしい。

ここには優秀な外科医も多いが、今は確実に亮治が一番丁寧な手術をする。なにより、自分が信用する医師のひとりだ。できればこのまま執刀医を変えてほしくない。

口を閉ざしていれば、傍らで溜息をつかれる。心臓が竦み上がるが、項垂《うなだ》れたら加奈に悟られる。

少しすると亮治が無言のまま立ち去る。

なにも言わないでいてくれたのは、加奈への配慮だろうか。

なにを考えているのかわからない後ろ姿を見送っていると、加奈の手が白衣をぎゅっと握る。

「あの先生、加奈のこと嫌いなんだよ」

こぼされた言葉に思わず息を呑《の》んだ。

だから、すぐに否定した。

「違うよ。真岡先生は、加奈ちゃんのこと嫌ってない」

亮治が快く思ってないのは、章人のことだ。

宥《なだ》めてみるが、加奈の瞳は暗く沈んでしまう。

咄嗟に出た言葉だったとはいえ、逆に加奈を傷つけてしまった。

(俺のせいだ……)

亮治にも申し訳ないことをした。彼だって答えようがなかったはずだ。

加奈に対してかけられる上手い言葉が見つからないまま、彼女を病室まで送り届ける。その足で、亮治のもとへと向かった。

彼の姿を見つけて呼び止め、真っ先に謝罪をする。

「さっきは勝手なことを言って、すみませんでした」

頭を下げる章人に、亮治から呆れた溜息が落とされる。彼に軽蔑《けいべつ》されたと感じて、胸が締め付けられるが、自身が招いたことだ。甘じて受ける。

そんな章人に、彼は訊ねかけてくる。

「今、時間はあるか?」

「え……は、はい」

顔を上げて答えれば、「ついて来い」と言われて後に従う。

向かった先はカンファレンスルームだ。

容易に説教が想像されて溜息が落ちそうになる。しかし、今回ばかりは反論できる立場にない。

電気もつけないまま、亮治は壁に寄りかかる。

同じように立ち尽くしていると、彼の重い口が開いた。

「昨晩、大切な人を亡くしたと言っただろう」

「はい……」

「子供なんだ」

紡がれた単語に驚愕した。

「お子さん……いらしたんですか？」

てっきり恋人かなにかだと思っていたけれど、まさか子供だとは思わなかった。独身という話だったが、結婚していたのだろうか。いや、離婚していても独身に変わりはない。

気持ちが深く落ち込んでいくのを感じ、顔を下向ける章人に、だが亮治は再び呆れた溜息をついた。

「違う。俺のじゃない」

「え……」

「ホストファミリーのだ」

「ホストファミリー？」

「妻どころか、恋人すらいない」

違ったと知って、安堵する。

（よかった……）

人が亡くなっているのに『よかった』とは不適切だが、思わず息がこぼれた。

そんな表情を見ながら、彼は続けた。

「高校生のときに世話になっていた、向こうの家族だ」

「ずっと向こうにいらしたんですよね」

同僚から又聞きしたプロフィールを思い出しながら言うと、小さな頷きが返る。

「その家にいた三つ年下の少女を、俺は妹のように可愛がっていた。彼女が結婚し、子供を産んで家族を作ったとき、俺も自分のことのように喜んだ。けれど、彼女の息子は生まれながら心臓に疾患があった」

「え？」

「大動脈弁狭窄だ」

「加奈ちゃんと、同じ？」

彼が小さく頷くのを見て、章人は口を閉ざした。

「簡単な手術じゃないが、何度か行っていたし、それなりに自信はあった。だから、彼女や家族を安心させたくて、『絶対に大丈夫。必ず助ける』と言った」

章人がいつも患者に使う言葉と同じだ。

それなのに……と、続く彼の言葉に耳を塞《ふさ》ぎたくなる。

「手術の最中に容態が急変して、心停止《アレスト》した。どれだけ手を尽くしても息を吹き返さなくて……子供は亡くなった。まだ七歳だ」

年齢まで加奈と同じだ。

彼の目には、少年と加奈が重なって見えているのだろう。

悲嘆の表情が浮かぶ顔を、亮治は片手で覆う。

「家族に伝えたとき、ひどく責められた。必ず助けると言ったのに、大丈夫と言ったのに、なぜ殺した、と言われた」

「そんな……」

「そう言いたくなる、家族の気持ちはわかる。きっと、俺にも驕《おご》りがあったんだ。甥《おい》っ子みたいに感じていた子供を亡くした上、俺は大切な家族も失った」

「っ………」

言葉がなかった。

どれだけ最善を尽くそうと、助からない命があるのは何度も経験している。やり場のない悲しみをぶつける家族も、何度となく見てきた。そのたびに、自分たちの無力さを実感する。

他人事ではなくて唇を引き結ぶと、亮治は教えてくれる。

「家族の悲しみに俺は耐えられなくなって、アメリカを出た。俺は、逃げてきたんだ」

「そんなの……っ」

仕方ないじゃないか。飛び出そうになった言葉を章人はぐっと呑み込む。

手術中に容態が急変することはよくある話だ。それを『仕方ない』というのは医師の傲慢さかもしれないけど事実だ。

だが、彼も遺族のひとりとして、悔しい気持ちがわかるのだろう。

(だから……加奈ちゃんのことも……)

彼が他の患者に親しく接する姿も見ないが、加奈に対する態度は子供に向ける以上のものがある。

亡くした少年を思い出すせいかもしれないが、幼い加奈にはやはり恐ろしい存在だろう。

亮治の話を聞いた上で伝えるのは勇気がいるけれど、生きるためにこれから手術を受けようという目の前の少女をきちんと見てほしかった。

「今の話を聞いた上で、あえて言わせてもらいます」

瞳をまっすぐ向ければ、彼も真摯な態度で見つめ返してくる。

まるで言われることを察しているかのような瞳に、章人は賭《か》けた。

「加奈ちゃんは、真岡先生を怖がっている。あの子は人よりちょっと怖がりで、入院当初は人見知りがひどかったんです。それが、今は入院生活にも慣れてくれて、手術にも前向きになっています」

「だから、優しくしろと言うのか？」

抑揚をつけずに問われて、挫《くじ》けそうになる。

押し付けがましいのは自覚しているし、彼の気持ちを思えば配慮がないかもしれない。けれど、医師である彼の情熱を信じたかった。

「必要以上に優しくしてくれ、とは言いません。加奈ちゃんを特別視してくれ、とも言いません。でも医師との信頼関係が、患者の命を救うこともあると俺は思ってます！」

そこには、人智《じんち》を超えたなにかが存在すると思いたい。同じ最善を尽くすのならば、できるすべてをやっておきたい。

「誰より俺が、真岡先生を信じている！」

強い信頼を告げると、亮治がわずかに驚きを浮かべる。

少しの間、言葉もなく二人で見つめ合っていたが、ふいに彼の方から瞳を逸らされた。

「……人の気も知らないで」

「え？」

声が小さすぎて、よく聞き取れず問い返す。しかし彼は気まずい表情をするだけで、答えてくれない。

「真岡先生？」

呼びかけると、視線をこちらに戻した亮治の手が、おもむろに章人の顎《あご》にかかった。

「もし、言うことを聞いたら、なにをしてくれる？」

「なに、とは？」

「俺の事情を知った上で、頼んでくるんだ。対価は必要だろう？」

無神経な発言を責められているというよりは、遊ばれている気がしてならない。それでも、加奈の怯えが減るなら聞く価値はある。

「なにを、しろというんですか？」

緊張気味に問えば、亮治は口の端を小さく吊《つ》り上げた。

「キスでもしてもらおうか」

「キス？」

告げられた瞬間、心臓がドクッと跳ね上がる。

なぜキスが対価になるのか理由がわからない。むしろ罰ゲームではないのか。

事実、彼は人の悪い笑みを浮かべている。やはり遊ばれていると感じて、ムッとした。章人がねめつけるも、亮治に堪えた様子はない。

「どうする？」

もちろん断ろうとした。だが、脳裏に、先ほど見た加奈の怯えた顔が浮かぶ。

（たとえ建前だって、患者が安心してくれるなら……）

そう思いつつも、遊ばれるのは嫌だ、と拒絶も捨て切れない。

彼はいつも、こんな無理を言うのだろうか？

章人は、散々迷いながら口を開く。

「本当ですね？」

念を押すように問えば、亮治の手が顎を撫でてくる。

「ああ」

頷いた一言を聞いて、覚悟は決まった。

章人は緊張をはらんだ鼓動の音を聞きながら、目を閉じて、顔を傾ける。すると、ゆっくりと吐息が近づく。

少しかさついた唇が、章人の唇にそっと重ねられた。

まさか男とキスをする日が来るとは思わなかった。しかも、嫌悪感を覚えない自分を思い知らされるとは、考えもしなかった。それどころか、心臓が高鳴ってしまう。

（なに……ドキドキしてんだ、俺）

高揚感すら湧いてくるキスに、章人は胸を甘く震わせた。

時間にしたら、たった数秒の出来事だ。

触れるだけのキスを終えると、急いで顔を逸らす。頬が赤くなっているのが、自分でもよくわかった。

「これで、いいんですよね」

対価は払った。そのつもりで言ったが、亮治の手が再び章人の顎にかかった。

「こんなものを、キスと呼ぶような年齢じゃないだろう？」

「ですが……っ」

キスには変わりないじゃないか！

そう訴えようとした章人の唇は、近づいた亮治の唇によって塞がれた。

「――ッ!?」

唇が触れたと思ったら、すぐに隙間《すきま》を割って舌が侵入してくる。驚いて縮こまった章人のものを、引き出すみたいに強く吸われた。

「んんっ!!」

驚愕と混乱で無意識に彼の胸を押すが、びくともしない。それどころか頭の後ろを支えられて、口づけはさらに深くなった。

互いの舌が絡み合い、卑猥《ひわい》な水音が立つ。

その音は聴覚を刺激して、章人の背筋にぞくりとした痺れを走らせた。

（なんでこんな……っ）

遊びにしては、あまりに濃厚だ。

なにもかも奪い尽くすようなそれは情熱的で、内なる感情をぶつけられているようだった。

もしかして、怒らせてしまったのだろうか？　これは、怒りに対する嫌がらせかなにかか？

しかし、考えていられたのもそこまでだ。

甘い眩暈《めまい》が章人を襲い、思考をとろかす。

執拗《しつよう》に求められるのが、とても気持ちいい。

場所も時間も忘れて、頭が空っぽになっていく。抵抗していた手も、いつの間にか彼の白衣に縋《すが》りついていた。

「はぁ……っはぁっ」

口づけの合間に息を継ぐが、彼の唇はその呼吸さえも奪うように求めてくる。

足に力が入らなくなってきて、膝《ひざ》がガクガクと震え出す。

次第に下腹部へと熱が集まっていき、もどかしさに身じろぎしたときだ。

辺りに大きな電子音が響き渡った。

章人の身体が大きく震え、一気に現実が戻ってきた。

(なっ、なにやってるんだっ、俺っ⁉)

亮治が口づけを解く前に、自ら身体を離すが、足がよろめき、傍《そば》にあった机に寄りかかる。

ようやくまともに呼吸ができるようになって、顔を下向けて必死で胸を喘がせた。

その間に、亮治は音の発信源を手にする。院内専用のＰＨＳが彼を呼び出していた。

濡れた口元を手の甲で拭《ぬぐ》いながら、耳を傾ける。どうやら急患ではないらしい。

患者の状態についていくつかやりとりした後で、亮治が通話を切る。

章人が深く息を吐き出せば、大きな手が頭の上に乗せられた。

ハッとして顔を上げると、少しだけやわらかい彼の瞳と出くわす。

「落ち着いてから、降りて来い」

そう言い残して、ひと足先に部屋を出て行く。残された章人は再び大きく息をついてから、たった今まで塞がれていた唇に指を這《は》わせた。

彼のキスを思い出すだけで、身体が熱を発する。

「なんで……あんな、激しいキス……」

強く吸われた舌が、今もまだ痺れているみたいだ。

彼の唇の感触と、舌を絡ませてきた強引さに、身体が疼《うず》いてしまう。下肢のものが軽く反応を示しているのが、情けないやら恥ずかしいやらで、ひとりきりだというのに居たたまれない。

生理的な現象というだけではない、あからさまに欲情している。そして、対価として求められただけのキスに、切なさが込み上げてきた。

胸が締め付けられるように痛み、目頭がほんのり熱を帯びる。

その、どうにも隠しようがない感情に、章人はとうとう答えを出した。

(好き……なんだ)

なんの勘違いか知らない。けれど、確かに彼に恋をしている。

相手は同性で、出会ってたった数日だ。恋情を抱くには早すぎるが、認めざるを得ない想いが胸に溢れた。

彼を知りたい。彼の色んな表情が見てみたい。

思えば、いつも目が合っていた。きっと、彼の姿を無意識に探していたのだろう。

そんな自分をせっかく認められたのに、亮治に告げられた言葉が胸を刺す。

「『対価』……か」

切なさに吐息がもれる。こんなことなら、話に乗らなければよかった。

困惑と身体の熱が下がるのを待ってから、仕事に戻るべく章人は部屋を出た。

3

午前中から続いた手術を終え、患者の検査や容態の確認に忙《せわ》しなく動き回る。

そんな中、術前回診《ラウンド》のため患者のもとを回っていた章人は、目を疑った。

(真岡先生?)

次の部屋へ移動する途中、亮治が患者の数人と談笑しているのを見かけた。

亮治は薄く笑う程度だが、世間話に興じている。その光景が、章人の目には衝撃的だった。

もしかして、章人の頼みを実行してくれているのだろうか?

楽しそうに話す患者たちは、どの人も笑顔だ。まるで病人であることを忘れそうな、生き生きした顔つきをしている。

彼は短く挨拶をしてから、患者たちのもとを離れた。

病室の外でそれを見ていた章人は、彼と視線が合うと目を瞬《またた》く。睫《まつ》毛《げ》の音がしそうなほどの瞬きに、近づいてきた亮治が笑む。

「驚いたか?」

「は、はい」

得意げにも感じさせる笑みは少々嫌味くさいが、普段のとっつきにくさはだいぶ軽減される。

正直に頷けば、亮治は腕時計を見ながら訊ねてくる。

「今は暇か？」

「え……ああ、少しなら」

暇、というのは語弊《ごへい》があったが、多少なら時間をとれる。

「だったら付き合え」

「どこへ？」

問いかけたが答えてはもらえない。さっさと先を歩く彼の後についていくと、亮治は章人がもはや通い慣れた病室に入る。

（えっ、加奈ちゃんの病室？）

四人部屋の一番奥、窓際のベッドに加奈はいる。亮治が姿を見せると、彼に気づいた他の患者が興味深そうな目で見やってきた。

「こんにちは」

彼は病室の患者に挨拶を向ける。

約束とはいえ、彼が本当に加奈のもとを訪ねてくれるのが嬉しい。振り返った彼に先に行くよう促されるから、仕切りカーテンのこちら側から声をかける。

「加奈ちゃん？」

今の時間、散歩に出ているかもしれないと思ったが、声をかけるとカーテンが勢いよく開いた。

「結衣先生！」

笑顔で出迎えてくれた彼女だったが、章人の背後に視線を向けた途端、その顔色がみるみる内に曇った。

子供は正直だな、と苦笑しつつも告げる。

「今日はね、真岡先生が加奈ちゃんのところに行こうって、言ってくれたんだよ」

腰を屈《かが》めてやんわりと言ってみる。しかし加奈の視線はちらりとも亮冶を見ない。これは相当根深いな、と背後を振り返る。

亮冶も、どうしたものか……と思案顔だ。

章人は加奈に向き直って散歩に誘おうとしたが、先に亮冶が声を発した。

「こんにちは、加奈ちゃん」

まずは挨拶からと思ったのだろう。けれど、怯える子供は頑《かたく》なだ。

横目で亮冶を見てから、布団をかぶって寝てしまう。

こうなったら、さすがの章人も手の打ちようがない。亮冶も諦めたのか、暇《いとま》の挨拶を告げた。

「またね、加奈ちゃん」

彼にしては優しい声だったにもかかわらず、加奈から返る言葉はない。章人も挨拶をしたが、布団から顔を出してくれなかった。

カーテンを閉め直して病室を後にする。

（いい機会だったんだけどな……）

彼に、かける言葉がない。

溜息が落ちそうになるのを耐えて彼の隣を歩けば、非常階段のドアが開く音にハッとして顔を上げる。

「あれ？　エレベー……」

言いかけた言葉は、背を押された手に止まった。押し込むように非常階段へ出されると、ドアが閉まるのと同時に、そこへ身体が押し付けられた。

「真岡先生？」

「対価、だろう？」

キスを示唆《しさ》されるから、慌てた。

「ちょっ、こ、ここ、よく看護師がっ……ッ!?」

誰が通るかわからない場所では、いくらなんでもまずい。

静止の言葉を投げかけたが、遮るように唇が攫《さら》われた。

亮冶のキスが触れると、すぐに舌が口内へと入ってくる。

それに搦《から》めとられると、拒む気持ちとは裏腹に、無意識に彼のものに応えてしまう。

くちゅっ、と唾液《だえき》の絡み合う音が、非常階段にやけに大きく響く。

そのとき、どこかの階で扉の閉まる音と共に、パタパタと階段を降りる足音がした。

心臓が竦み上がり、急いで亮冶の肩を押したが、離れてくれない。

幸い、足音の主は違う階の扉を開けていなくなったようだが、今の出来事に身体が震えた。

亮冶もそれを察したのか、キスがわずかに離れる。だが完全に離れるわけではなく、くすぐるように舌先を唇に這わせながら問いかけてくる。

「集中できないか？」

「と、当然、でしょう」

小声でボソボソと答える章人とは違い、肝《きも》が据《す》わっているのか鈍感なのか、彼は再び口づけてきた。

「だったら、場所を移すか？」

まだやめない、という彼に、ふと疑問がよぎる。

もしかしてゲイなのか？

しかし、訊ねる勇気はない。偏見ではなく、問うことで彼の気分を害したくなかった。

（せっかく触れてくれるのに……）

今更この気持ちをなかったことにはできない。彼への恋情を自覚してから、想いは募《つの》るばかりだ。もっと知りたい。もっと触れたい。そんな欲求が、今にも口をついて出そうだ。

だが、この想いを知られるのは怖い。

もし彼がゲイでもなく、ただの悪戯、もしくは腹が立った仕返し、のためだけにこんなことをしているのだとしたら、この抱えた想いは迷惑以外のなにものでもない。報われない想いに胸が痛み、眉を弱く寄せる。

するとそれに気づいたように、亮治のキスが離れる。抑え付けてきていた身体も離されて、遠ざかる熱に寂しさを感じた。

「……悪かった」

詫びてくる亮治に、さらに物寂しさを実感し、章人は意図せず彼に手を伸ばしていた。

白衣の胸元を摑《つか》んで引き寄せる。自ら身体を寄せて彼の口を塞いだ。

「結……っ」

名前を呼ぶ唇を貪《むさぼ》れば、亮治の手が再び身体を押さえ付けてくる。

「人が、せっかくやめてやったのに」

互いに口づけを求め合う様子は、さながら恋人同士のようだ。それが嬉しくて亮治の首に腕を絡ませると、彼の手が胸元を這う。

ふくらみのない胸など触っても面白くないだろう、とは、そのときは思えなかった。

シャツの上を這い回る指が、小さな尖りを見つけ出してそこを押し潰《つぶ》してくる。

「ふっ……ん」

甘い吐息がこぼれると、亮治の手が性急にシャツを捲《まく》り上げようとしてくる。

そのとき、背をついたドアがドンと音を立てた。

心臓が飛び出すかと思うほど、驚いた。

「あれ？　開かない？」

扉の向こうで女性が声を上げ、ガチャガチャッとノブを何度も回す。だから、章人は慌てて亮治から離れた。

ドアからも離れて踊り場の隅へ避《よ》ける。

口元を拭うのと同じくして、ドアが開いた。

「あら、真岡先生——と、結衣先生？」

若い女性看護師が、亮治を見て嬉々とした声を上げた後で、こちらに向けて訝《いぶか》しげな声を上げた。

平常心を取り戻すのに必死な章人とは違い、亮治はすっかり普段の冷めた調子を取り戻していた。

「すまない。結衣先生と話をしていた」

「あ、ドアに寄りかかってましたね？」

「ああ、つい」

鼻にかかった声を発する看護師が、亮治に媚《こ》びているのがわかる。しかし、それに嫉妬する余裕はない。

ひどく落ち着かなくて早くこの場を去りたいが、看護師が動いてくれる気配はない。自分だけ移動するのもなんだかわざとらしい気がして、居たたまれないまま二人の会話に耳を傾ける。

「もう、ダメですよ。こんなところで、いったいなんの話してたんですか？」

「ちょっと患者さんの話をね」

「もしかして、加奈ちゃんの話ですか？」

先ほど二人で顔を出したのを見ていたのだろうか。看護師は小さく溜息をこぼした。

「加奈ちゃん、なんだかすっかり元気がなくて……今も薬を飲みたくないって、ふて寝しちゃったんですよ」

「えっ……」

さすがに、その言葉には反応せずにはいられなかった。

「加奈ちゃん、薬飲まなかったの？」

声をかけると、看護師は名案とばかりに瞳を輝かせる。

「そうだ、結衣先生がお願いしたら飲んでくれるかも！」

パンと手を打つ看護師に、章人は頷く。

「ちょっと、行ってきます」

これまでの羞恥《しゅうち》がすっかり影を潜めていた。

亮治に断り、彼の返事も聞かない内に足早に加奈の病室へと戻る。

「加奈ちゃん？」

先ほどと同じように声をかけるが、内側からカーテンは開かれない。もう一度呼びかけてそっと開ければ、布団の中からこちらを窺う瞳と出会う。

「お薬飲まないんだって？」

声をかけるが、加奈の視線は辺りをきょろきょろと見渡す。亮治の姿を探しているのだと気づいて、章人は苦笑した。

「真岡先生ならいないよ」

告げてやると、ようやく布団から出てくる。

けれど、なぜか顔色は晴れない。それでも、今はひとまず薬を飲ませるのが先決だ。

「お薬はちゃんと飲もうね」

ベッドサイドに据えられた、キャビネットの上に置いてある薬を手渡す。水の入ったコップも渡せば、加奈は素直にそれを飲んだ。

「はい、偉かったね」

頭を撫《な》でると、加奈が首を竦めるようにして呟く。

「真岡先生……怒ってた？」

「なんで？」

「加奈がちゃんと返事しないから」

どうやら、気にはしていたらしい。

「怒ってないよ。真岡先生は、とっても優しいから」

とっても、というのは少々言いすぎだっただろうか？　敏い少女からなにか反論があるかと思ったが、加奈はそのまま黙り込んだ。

だから章人は傍らの椅子《いす》を引き寄せ、腰を下ろす。

「真岡先生のこと、嫌い？」

できるだけ穏やかに問うと、加奈は小さな唇を尖らせる。

「嫌ってるのは、真岡先生の方だもん」

やはり食堂の一件がよくなかったのだろう。

はたしてどんな言葉を紡げば、亮治の印象は改善されるだろうか。思案する章人に、加奈が不満をもらした。

「真岡先生、初めて見たときから結衣先生のことジッと見てたもん」

「え、なんの話？」

彼女の突飛《とっぴ》な話についていけず問う。

「中庭で会ったとき？」

すると、小さな頷きが返る。

どうやら、考えていたよりも前から亮治のことを苦手にしていたみたいだ。

そして彼女は拙《つたな》い口調で語ってきた。

「真岡先生、ずーっと結衣先生ばっかり見てた。加奈が結衣先生にくっついたら、加奈のことにらんだもん」

「えっ、いや、それは違——」

「違くない！」

否定しかけた言葉は、加奈に遮られる。

どうやら怒っているらしく、頬を赤くして言い募る。

「だって本当に結衣先生のこと見てたもん！　加奈にはわかるもん！」

彼女の言葉に根拠があるのかわからないが、章人の胸は淡い音を立てた。

（そんなに、見てたのかな……）

加奈の言う『ずーっと』が、どれだけの時間を示しているのか判断はつかない。亮治がどんな思いで見ていたかもわからない。

けれど、羞恥心で頬が熱くなってくる。ついさっきまで、口づけを交わしていたから余計だ。

子供の前なのに不謹慎だ。己を叱咤《しった》する章人に、加奈が弱々しい声で問いかけてくる。

「結衣先生……真岡先生、好き？」

思いがけない子供の言葉に、馬鹿《ばか》みたいに動揺する。

「そっ……あ、うん。き、嫌いじゃ……ないよ」

子供相手に真剣に返しそうになって、途中で気づき誤魔化《ごまか》すも、顔に上った朱はきっと隠せていない。

加奈との間に、言いようのない沈黙が落ちる。

まるで、本当の答えを待っている、そんな沈黙だった。

耐え切れなくなったのは、意外にも章人の方だ。

「……好き、だよ」

大人として恥ずかしいし、配慮も足りない。

憧憬に近いとはいえ、好意を寄せてくれている加奈の気持ちを考えれば、言うべきではない。

だが、この敏い子供には嘘《うそ》を見抜かれる。

なにより、嘘をついて加奈の信頼を失《な》くすのは避けたい。

「うん……真岡先生のこと、好きだよ」

きちんと目を見て告げれば、加奈は不貞腐《ふてくさ》れる一歩手前の顔をする。

「……加奈が、真岡先生とおしゃべりしたら、結衣先生、うれしい？」

問われた言葉に章人は言葉がなかった。

この年齢で、もう相手のためを思えることに驚き、そして感動した。

「うん。仲良くしてくれたら、嬉しい」

だから正直に返せば、加奈はようやく笑顔を見せてくれる。

「わかった。明日からがんばる」

「ありがとう」

なんて優しい子だろう。目を細めて笑みを返すと、加奈の顔が真っ赤になる。その表情にさらに笑めば、加奈は小さな笑い声を上げた。


慌しい一日が更《ふ》ける深夜帯。お茶を飲みつつ、面倒な書類の整理に追われる。

本当は当直当番ではないけれど、先ほど手術を終えた患者の容態が安定しないので、念のため残っていたが、そろそろ帰ってもいいだろう。

そこへ、いつも開きっぱなしの扉がコツリと叩《たた》かれ、開いた。

「いいか？」

明かりが絞られた通路から、亮治が声をかけてくる。

「あれ？　今夜、当直でしたっけ？」

手を止めて問えば、首を振られる。

「いや、違う」

亮治はそれ以上を答えなかったが、章人と似たような理由で残る外科医も多い。

「どうぞ」

亮治を招き入れて、ソファを促す。部屋に入ってきた彼がわざわざ扉を閉めるものだから、声をかけた。

「閉めなくていいですよ？」

面倒だからいい、そういうつもりで言ったのだが、なぜか苦い表情を返された。

「一応、だ」

首をひねって見返せば、どこか不愉快そうに顔をしかめられる。

「まだ、今日の対価をもらっていない」

「あ……」

言われて改めて思い出す。途端にカーッと全身が火照った。

「毎日のことだ、いい加減わかるだろう？」

「いえっ、あのっ、仕事に追われてて、忘れてた……だけです」

忘れていた、という言葉に亮治が眉を顰める。ますます不愉快そうな顔をするから、口を噤《つぐ》んだ。

この一週間、『対価』という名のもとに亮治とは毎日キスを交わしている。人目を忍んでの行為なので落ち着かないが、亮治は上手く隙をついて触れてくる。

「まだ、忘れる程度のことか」

口の中でぼそっと呟かれた言葉を、問うように見つめたが答えはもらえない。面白くなさそうに溜息をつかれ、そのままどちらとも声が止まってしまう。

（気分を害させたかな……？）

気まずくなった雰囲気を断つため、章人は席を立った。

「なにか飲みますか？」

すべてインスタントだが、コーヒーや紅茶や緑茶など、種類はそこそこ揃《そろ》っている。

「なにがいいですか？」

ティーバッグの詰まった箱を見せれば、彼は緑色のパッケージを指さす。

「緑茶を」

「てっきりコーヒー派かと思ってました」

ならば訊くな、という話だが、彼はソファに腰かけながら答える。

「日本人だからな。緑茶が一番落ち着く」

意外な発見だ。ちょっぴり感心しながら来客用の紙カップにお湯を注ぐ。ティーバッグをそこに落とすと、逆に訊ね返された。

「お前は、なにが好きなんだ？」

「俺はコーヒーです。ミルクたっぷりのカフェ・オレですが」

「まぁ、妥当だな」

「なんですか、妥当って」

亮冶の緑茶と、すっかり冷えたカフェ・オレを持ってソファへと移動する。

亮冶の隣に座るのも対面に座るのも妙に恥ずかしくて、章人はあえて椅子を引いてきて腰かけると、カップを再度手に取る。

亮冶もティーバッグを揺らして、紙コップを手に取った。

二人とも一口飲んでから浅く息をつく。

そうして無言の時間を過ごした後で、亮冶がおもむろに言った。

「俺たちは、お互いをなにも知らないな」

「……そうですね」

プロフィールなら知っているが、プライベートはなにも知らない。それなのに好きになって、まして毎日口づけを交わし合っている。これまでの自分には、とても考えられない行動だ。

「初めてです……そんな人とキスするなんて」

途中から恥ずかしくて声が小さくなってしまったが、静まり返った部屋だから聞こえただろう。

熱をもった顔を見られたくなくて軽く背ければ、彼も同意を紡ぐ。

「俺も同じだ。こう見えても、貞操観念は高い方だ」

少し意外だ。偏見甚《はなは》だしいが、アメリカにいたので、そこそこ遊んでいるかと思った。いや、少なくとも自分よりは遊んでいるだろう。

なにせ、これまでお付き合いした相手の数は三人だけだ。それよりはさすがに多いだろうと考え、ふつりと湧いた嫉妬心が思わず口をつく。

「……美人のナースとか」

ぽつりと言葉をこぼせば、溜息を落とされた。

「付き合ったことがない、とは言わない。けど、簡単なプロフィールしか知らない相手とキスをしたいと思うほど、軽くはいない」

じゃあ、自分たちは？

質問が脳裏をよぎったが、問えなかった。

訊いたらなにかが変わりそうで、口を噤むことしかできない。そこへ亮治が告げてくる。

「言っておくが、俺はゲイじゃない」

「え……俺も違います」

唐突だったのでびっくりして、同様に答える。

そして再び疑問が浮かぶ。

けれどやはり訊けなくて、二人の間にまた無言が流れた。どちらも出方を窺うような空気で、居心地の悪さを感じる。

(思い切って訊いてみようか……)

この一週間、加奈の亮治に対する態度はみるみる内に変化していった。

最初は人見知りの加奈らしく戸惑いを隠せない様子だったけれど、亮治が毎日通うことで、二人は着実に互いの溝を埋めている。

それでもお互いにぎこちなさが抜けないのは、亮治が明言を避けるからだ。

『三人でいっしょに遊園地いく？』

章人と亮治、そして加奈の三人で、という彼女の誘いに彼ははっきりと応えていない。

それが加奈に、後一歩の信用を与えないのが見てとれる。どうやら問題があるのは亮治の心の傷の方かもしれない。

それでも約束を果たしてくれる。

彼にしてみたら亡くなった子供を思い出して、つらいときもあるだろう。なのに、見返りがキスで、本当にいいのだろうか。彼の心にある本音を訊いてみたい。

章人は幾度となく躊躇《ちゅうちょ》しながら、ぽつりと問いかけてみた。

「なんで……キス、なんですか？」

面と向かって言うには大分勇気がいった。

視線を合わせていられず俯く章人に、亮治はしばらく沈黙した後で口を開いた。

「単純に、したかったから、というのが一番わかりやすい」

あまりに単純な回答に、思わず顔が上がる。

それを見計らったように、彼は話を続けた。

「だが、なぜしたかったか、という理由には打算がある」

「打算？」

意味がわからなくて首を傾げる。亮治はぬるくなった緑茶で口を湿らせてから、語ってきた。

「初めてお前をみたとき、自分が重なって見えた。これでも、アメリカでは積極的に患者と接していたんだ」

「そ……だったんですか」

一週間前ならばまだしも、今はさほど驚きはない。亮治の表情は豊かではないが、愛想がないわけではない。

「お前が、手術室で患者に話しかけるのを見て、心配になった。加奈ちゃんに遊園地へ誘われたのを聞いて、止めずにいられなかった。俺の、二の舞はさせたくなかったんだ」

自分の体験があったからこそ止めたかったという、彼の気持ちは痛いほどわかる。亮治は章人を通して過去の己を見ている。自分を傷つけないことは、彼自身が傷つかないこと。章人にはそう感じられた。

心配は嬉しいが、少し物悲しくもある。

(俺を、見てるんじゃない……)

ツキリと痛む胸に、睫毛を伏せて視線を落とす。

すると亮治の手が伸ばされて、頬に触れられた。

「けど、打算があると言っただろう」

そういえば……。

伏せた瞼《まぶた》を上げて、再び亮治を見る。彼は珍しく言いよどみながら言った。

「俺が止めたところで、お前はあの子に返事をすると、はじめから踏んでた」

「え……」

「だから、その……万一のとき、慰めてやれる関係を築いておきたかった」

どういう意味？

怪訝を浮かべた表情で窺っていると、彼は諦めるように小さな吐息をこぼす。

そして頬に触れていた手を首から肩へ、肩から腕へ、身体の輪郭をなぞってきて、最後に手を握られた。

「恋人がいないって、加奈ちゃんに言っていただろう」

「はい」

「そこに付け入ってやろうと思ったんだ」

「付け入る？」

やはり意味がわからなくて、鸚鵡《おうむ》返しに言葉を繰り返す。

握られた手に、きゅっと力を加えられた。

「一目惚れしたと言ったら、どう思う？」

「え……？」

「結衣に、一目惚れした」

「ッ……!?」

亮治からの思ってもみなかった告白を聞いて、章人の全身は一瞬にして赤く茹《ゆ》で上がった。

「なっ、ひと……っ!? だってっ、ゲイじゃないって……っ！」

喜びの声を上げるよりも驚きが強くて、口を喘がせる。

それに対して、亮治も頷く。

「だから、悩んだ。なぜ男に……と。だが何度考えても、一目惚れとしか思えない。患者に囲まれて笑っているお前から、目が離せなかった。あの場を離れても、お前の姿が頭に焼き付いていた」

加奈が言っていた『ずーっと』は、こういう意味だったのだろうか。

あまりに恥ずかしくて、身体が震えるし、汗が出てくる。

一度落ち着くためにも、この場を離れたい。

羞恥心に突き動かされて椅子を立ち上がったが、亮治は手を離してくれなかった。

「あのっ……っ」

真っ赤な顔で手を引いてみる。察してもらいたかったが、逆に手が引かれた。

ドサッと音を立てて、身体が亮治の腕の中へと収まる。そのまま抱きしめられた。

「逃げるな」

亮治が耳もとで、囁《ささや》いてくる。

「これでも、随分と考えたんだ。出会って間もない男が告白したって、受け入れてもらえるわけがない。けど、どうしてもお前と特別な関係を築きたかった」

大切なものでも扱うように、愛しげに背を撫でてくる。

「お前に触れたかった。初めから、キスだけじゃ足りなかった……今日だって、お前を捕まえるために待っていたんだ」

少し切羽詰《せっぱ》まった語尾と共に、身体がきゅっと抱きしめられた。

「好きだ」

亮治の告白に、緊張と羞恥心で焼き切れそうだった思考が回り出す。

たった一言が、章人に喜びを与えてくれた。

(好きって、言ってくれた……)

出会ってまだ半月余り。ありえないスピードで育った感情を、上手く扱えずにきたが、彼がくれた一言が、章人を安心させてくれる。

「よかった……よかった、俺……」

亮治の首に腕を絡ませ、広い肩口に顔を伏せる。

「俺も……好きです」

亮治みたいに、いつからか明確にはできない。それでも、いつだって彼を見つけられた。

よく視線が合ったのも、きっとお互いに見ていたからだ。

「俺のひとりよがりじゃなかったんだな」

喜びを浮かべる亮治の声に、胸が熱くなる。

「キス、させてくれないか」

耳朶《じだ》をかすめるように唇が触れる。

顔を上げて、彼の黒い瞳を間近に見つめる。

執刀中と同じ真剣な瞳に、彼の情熱を感じた。

「結衣」

名前を呼ばれて瞳を閉じる。

顔を傾けただけで、唇は容易《たやす》く触れた。

『対価』ではないキス。なにかの儀式のようにやわらかく触れるだけで、そっと離れる。

瞼を開けると、やはり亮治の瞳と出会う。

それが嬉しくて、もう一度口づけを交わす。

触れて、啄《つい》ばみ、舌先で唇を舐《な》める。

だが物足りなくて互いに唇を開きかけたとき、廊下をぱたぱたと駆ける音がした。

その音に、ここがどこであるかを思い出して、二人は苦笑すると身体を離す。

たとえお互いが想い合っていても、同性同士、知られていいことはあまりない。今は、心が通じ合えただけで満足だ。

「帰りましょうか」

まだ少しデスクワークは残っているけれど、明日に回しても問題はない。まだ離れたくなくて、一緒に帰ろうと言外に誘ってみれば、亮治も応じてくれる。

「そうだな」

テーブルの上のカップを片付けようと手を伸ばせば、ぱたぱたと駆けていた足音が部屋に飛び込んできた。

「どなたかいらっしゃいま――あっ、結衣先生！　真岡先生！　よかった！　加奈ちゃんがっ！」

看護師の慌てぶりは、加奈の急変を知らせていた。

章人と亮治はすぐに部屋を飛び出すと、七階の病室へと向かった。

すでに、大学病院から出向してきていた研修医がひとり処置に当たっていたが、すぐに担当を代わる。

酸素吸入器をつけられた加奈の顔は蒼白で、激しく喘いでいる。

「なにがあった!?」

血圧や脈拍、体温などを調べながら問えば、看護師が説明をくれる。

「さっき寒気がするというので熱を測ったら、少し高かったので薬を飲ませました。それからしばらくして苦しみだして……」

おそらくアレルギー反応を起こしたのだろう。けれど処方した薬は以前も使用したことがあるものだ。

些細《ささい》な変化で途端に反応するアレルギー体質はこんなとき厄介だった。

ひとまず、できる処置を施して経過を見ることになるが、小さな心臓がこのまま止まるようなことになったらと思うと、恐怖感が湧いてくる。

だが、誰よりも今一番恐怖しているのは加奈本人だ。

そんな恐ろしくて苦しい状態だというのに、加奈の手が章人の白衣を摑む。

「ゆい……せん、せ」

息も絶え絶えに名前を呼ばれて、居ても立ってもいられず、彼女の手を握る。

「大丈夫、大丈夫だよ、加奈ちゃん。すぐに治してあげるから」

励ましの言葉を向ければ、小さな声が呟く。

「ゆう……え、ち、」

意識が朦朧《もうろう》としているのか、『遊園地に行きたい』と何度も繰り返す。

なんとかしてあげたくて手をさすっていると、加奈の額に張りついた前髪を、掻き上げるように亮治の手が撫でた。

「治ったら、遊園地だってどこにだって行けるよ。結衣先生と俺が、絶対に治してやるから、今は頑張れ」

亮治が紡いだ言葉に、章人は目を瞠《みは》った。

撫でる手と、かけられる声に反応して、加奈の視線が亮治へと移る。熱に浮かされた虚《うつ》ろな目で、問いかけた。

「ぜ……、たい？」

絶対？ と確認をとる加奈に、亮治が迷わず頷く。

「約束は守るよ」

医師として誉められたセリフではない。それは亮治が誰よりもわかっているのに、あえて使う。彼が背負う十字架を、知っているせいだろうか。目頭が熱くなるから、唇を噛《か》むことで耐えた。

しばらくすると、加奈の呼吸も脈拍も安定してくる。安らかな寝息を立て始めたのを見て、章人は安堵の息をこぼした。

（せめて、心臓が丈夫だったら……）

その心臓が悪いせいで入院しているのだが、心臓以外の病が加奈の命を脅かす。

今の発作でどれだけ負担がかかったか、明日また検査が必要になるだろう。だが今晩はゆっくり眠

ってほしい。

亮治と共に病室から引き上げる途中、彼は深刻な声で呟いた。

「早めに、手術に踏み切った方がいいな」

アレルギー反応や、症状の経過を見ている場合ではない。あのままでは、いつ心臓が止まるか知れないからだ。

「……そうですね」

明日、さっそく再検討し合わないとならない。

体力勝負の医師とはいえ、今ので一気に疲労がやってきた。深い吐息を落とせば、傍らの亮治が苦笑する。

「この分じゃ、今夜はお預けだな」

「なにがですか？」

彼に瞳を向ければ、さらに苦笑が返される。

「ベッドに誘おうと思ったんだが」

「な……ッ!?」

目を大きく開いて絶句し、亮治を見つめる。

そんな章人とは違い、亮治は淡々と告げてきた。

「気長に待てるほど、余裕のある恋じゃないんだ」

怖いくらい真剣な目で見られて、唾を嚥下《えんか》する。

ただ見つめられているだけだというのに、彼の差し迫った情熱が伝わってくる。

この人は、静かに情熱を燃やすタイプだ。

表にして騒いだり喚《わめ》いたりしない分、少し怖さもある。どちらかというと、感情を表にしやすい自分とは、真逆に位置する人。

それなのに、根底が繋《つな》がり合っている。そんな不思議な感覚を受ける。

ただジッと見つめていると、ふっと亮治が笑みをこぼす。

「とりあえず、彼女の手術が終るまでは、お預けだな」

待てないと言いながら待ってくれる。そこに彼の優しさを実感して、さらに愛《いとお》しさが増す。

知れば知るほど好きになる。どうしようもないくらい亮治に惹《ひ》かれる。

(もう、こんなに好きなのに)

これ以上彼を知ったらどうなってしまうのだろう。恐ろしさを秘めながらも、恋情は止められなかった。

「今夜はどうする？　帰るか？」

加奈のことがあったので、帰宅も迷う。軽く思案して、もう少し残ることを決めた。

「整理しかけの書類を、仕上げてから帰ります」

「そうか」

少し残念そうに笑う彼が、「お疲れさま」と挨拶を向けてくれる。同じように返そうとして、けれど言葉を止めた。

「そういえば……さっき、なんであんなこと言ったんですか？」

どうしても気にかかったので、問いかける。

なんの話だ？　と言う顔をされたが、すぐに理解してくれた。

「『絶対』なんて言葉、使わないと思ったんだろう？」

「ええ。だって、あなたには……」

使えない理由がある。そう続けようとしたが躊躇われて言葉を止めるが、彼は察してくれた。

「俺にも、支えができたからな」

熱のこもった目で見つめられれば、さすがに章人だって気づく。

「あ……俺ですか……」

また顔に熱が帯びていくから、視線を彷徨《さまよ》わせる。

恋愛に不慣れな少年のように狼狽《うろた》える章人に、亮治から三度目の苦笑がもれた。

「やっぱり、俺の部屋に寄っていかないか？」

「か、からかわないでくださいっ」

赤い顔で軽く睨《にら》むが、逆に欲望を滾《たぎ》らせた瞳で見つめ返されて息を呑んだ。

今すぐにでも欲しい、と言われているような視線で見られるのが恥ずかしい。このままでは羞恥が収まりそうになくて、真っ赤な顔で今度こそ挨拶を向ける。

「それじゃあ、お疲れさまでした」

頭を下げて部屋に戻ろうと踵を返した。

その背に、亮治の声がかかる。

「恋人にならないか」

唐突な申し出に章人の歩みが止まった。

驚きの表情でぎこちなく振り返れば、彼の真剣な瞳が見つめていた。

「お前を、もっと知りたい」

告白をされて、こんなに嬉しいのは初めてだ。顔に熱が集まり、喜びで身体が小さく震える。

高鳴る鼓動を抑えながら、章人は答えた。

「俺も、あなたを知りたい」

よろしくお願いします。

かろうじて声にして伝えれば、亮治は肩から力を抜くように息を抜いた後で、しっかりと頷いてくれる。

「ああ、こちらこそよろしく」

喜びと恥ずかしさ半分ずつの気分で微笑し合ってから、「おやすみ」と言って二人はその場で別れた。

4

加奈の手術の日は、慌しく決まった。

発作を起こしてから十日後のことだ。

彼女の両親にしっかりと説明をし、加奈自身にもわかりやすく説明をする。

子供といえども、自分の状態をしっかり把握させる必要がある。そう言ったのは、手術チームのリーダーを代わってもらった亮治だった。

『怖いことはない。手術中は、結衣先生と俺が、ずっと傍にいる。眠るまで、結衣先生が手を握っててくれる』

亮治の言葉に頷けば、加奈もまた頷いてくれた。

そうは言っても、さすがに手術室へ向かうストレッチャーの上では、加奈も不安そうな顔をしていたらしい。

手術室ですでに待機していた章人と亮治を見て、小さく笑うのがいじらしかった。

「麻酔をかけると、しばらくおねんねするからね」

「赤ちゃんじゃないんだから、おねんねって言わないもん」

不安をやわらげるために言ったら、異論を返されてしまった。それをまた、傍らの亮治が笑う。

「加奈ちゃんには、結衣先生も敵《かな》わないな」

「いいんです。加奈ちゃんのこれは、照れてるだけですから」

「照れてないもん！」

手術室に不似合いな笑い声がもれる。

これだけ明るければ大丈夫。そう信じながら呼吸器を装着する。

「次に目が覚めたとき、俺と一番に会えるからね」

こくりと頷くのを見て、バルブをひねり薬剤の投与を始める。

しっかりと手を握り合っていたが、加奈の手から次第に力が抜けていった。

予定量の麻酔が入り、加奈の意識がなくなったのを確認して、章人は声をかける。

「始めてください」

その言葉を合図に、亮治が声を上げた。

「よろしくお願いします」

他の医師たちから同じように言葉が返る。

長丁場となる手術が始まった。

亮治主体で進む手術は、できるだけ時間をかけないという点に重きを置かれた。もともと全身麻酔の手術に、時間はかからない方がいい。まして子供の身体。その上、加奈の体質を考えれば、誰もが口を揃えて同意した。

刻一刻と流れる時間の中、章人も加奈の様子を何度も窺う。今のところ安定している。

絶対に遊園地に行くと約束した。加奈も眠りの中で、楽しみに待っているはずだ。

（必ず三人で行くんだ！）

亮治へと視線を向ければ、相変わらず彼の手際は丁寧で速い。

彼にとっても、この手術は絶対に成功させたい一例だろう。

成功すれば過去を払拭《ふっしょく》できる、とまでは言わないが、彼の背負う十字架を、少しだけ軽くしてくれるはずだ。

そうして皆が全力を尽くした手術は、まるでその祈りが通じたみたいに、なにごともなく無事に終わった。

通常よりも一時間ほど早く終わり、誰もがホッと息をつく。中でも亮治の表情が、一番安堵していたのは、見間違いではないだろう。

後は麻酔科医である章人の仕事だ。

片付けと着替えを終えて手術室を出た章人は、集中治療室に足を運ぶ。

加奈の状態を確認し、他の患者の状態も確認する。

看護師に声をかけてから、一度部屋に戻ろうとしたところで亮治に呼び止められた。

「結衣先生」

たとえ恋人になっても、院内では苗字呼《みょうじ》びを徹底している。周囲に勘繰られたくないというよりは、仕事に対してけじめをつけたい気持ちが、お互いに一致したからだ。

「加奈ちゃんの容態は？」

「大丈夫。安定してます」

まだ予断を許さないので気は抜けないが、今夜は当直のため一晩中看視できる。

時間がきたら覚醒を促し、覚醒した後もしばらく付き添う。痛みを抑えるために、麻酔の量を調整してやらないとならない。

脳裏ですべき工程を巡らせていると、声をかけられる。

「今夜は、俺も当直だ」

「それは心強いです」

執刀医が一緒にいてくれるのは、心持ちが違う。それが恋人となれば特にだ。

「メシはどうする？　出前取るが」

時計を確認すれば、食べるにはまだ早い時間だ。けれど、まだ人も多く残っている今の内にとっておきたい。

「では、一緒にお願いします」

定食屋のチラシを手渡してくる亮治に、日本食が好きなのかな……などと思いながら選ぶ。そこに亮治がぽつりと言った。

「遊園地、必ず行こうな」

きっと目覚めた加奈は喜んでくれるだろう。

「約束ですよ」

加奈が覚醒する時間が、待ち遠しかった。


四十時間近い労働を終えると、さすがに身体はぐったりする。病院の建物を出ると特に疲労が増す。

それでも、今日ばかりは心も晴れやかだった。

加奈は、予定覚醒時刻にゆっくりと目を開けた。

彼女の覚醒の喜びを、亮治とも分かち合った。そのときの亮治のホッとした顔が、今も脳裏に焼きついている。

それからまた、加奈は昏々《こんこん》と眠り続けているが、ひとまずこれで安心だ。

「んーっ」

中天から傾きだした午後の日差しを受けながら、大きく伸びをする。このままバスに乗ったら寝てしまいそうなので、歩いて帰ろうと足を進める。

だが、そんな章人を背後から慌てた声が呼び止める。

「結衣！」

振り返ると、とっくに帰ったと思っていた亮治が足早に近づいてくる。

「あれ？　まだいたんですか？」

「帰るなら一言声をかけてくれてもいいだろう」

恨み言を口にする彼に、短く詫びる。

「もう、帰られたと思ってました」

加奈の容態が気になったので、いつもより少し長く働いていたから、てっきりいないものと思ってしまった。

「一応、部屋は覗いたんですけど」

帰る挨拶をしたとき、確かに亮治はいなかったはずだ。

「少し席を外してただけだ」

「それは……すみません」

今日の彼は、やけに突っかかってくる。

疲れているのだろうか？

こうして会えたのだから、遅い昼飯でもと思ったが、やめておいた方がよさそうだ。

「帰りはタクシーですか？」

「ああ、お前も一緒にな」

「は？」

乗降場へと背を押されて、タクシーの車内にぽいと放《ほう》り込まれる。亮治も乗り込むと、知らない住所を告げられた。

「どこ行くんですか？」

「すぐにわかる」

彼はそれきり口を閉ざしてしまったが、タクシーに乗ってものの十分。降り立った場所に、なんとなく察した。

「真岡先生のマンションですか？」

「そうだ」

およそ二十階建てのマンション。いわゆる高級マンションというのが、外観からしてわかる。

しかし、そんなことよりも章人の脳裏を懸念がよぎった。

恋人になって、『対価』ではないキスを交わせるようになって、とても充実している。

隠れて口づけるのは気が気じゃないけれど、ほんのわずかな時間でも一緒にいられるだけでとても幸せだ。

だが、彼が我慢しているのにも気づいていた。

(セックス……するつもりだよな)

部屋に誘われて、なにもない、と思ううぶな年齢はとうに過ぎた。

同性だし、まだなり立てとはいえ、相手は恋人。彼がストイックに仕事をこなしながらも、その実はとても情熱家というのは知っている。

しかし、さすがに主張だけはしておきたい。

「あの……四十時間労働の後なんですが」

「安心しろ、俺も同じだ」

「………勃《た》つかどうか」

「医師なら勉強しただろう」

極限状態におかれた男の性器は、本能的に勃起《ぼっき》する。知ってはいるが、あくまでも挿入する側の見解であって、挿入される側のものではない。

(どっちが女役……だ?)

三十年以上男として育ち、女性としか付き合ったことのない身としては、受け入れるよりもやはり与える方が得意だ。

「亮治さんが女――」

「女役はお前だ」

途中でばっさり切られて、返す言葉もない。

確かに、亮治に『挿入しろ』と言われてもできる気がしない。

それに、彼に恋人がいたと疑い、想像とはいえ女性に嫉妬を向けた時点で、自分の方がいくらか思考が女性的なのかもしれない。

(絶対に嫌だ、ってわけじゃないけど……)

彼と繋がりたいという気持ちは嘘ではない。ただ、せめて夜勤明けじゃない日にしてほしい。

受け入れる側の方が、確実に負担は大きいのは、彼とてわかるだろう。

もう一度断ってみようかと口を開きかけたが、背を押し出されて言葉を紡げなかった。

「きちんと配慮はする。だから今は、なにも言わずついてこい」

真剣な横顔を見せられたら、口を閉ざさざるを得なかった。


オートロックシステムのエントランスを抜けて、エレベーターに乗る。ボタンの数字は二十三まであった。亮治が二十の番号を押せば、静かな音を立ててエレベーターが上昇する。

軽やかな音を立てて目的の階に到着した。

エレベーターホールの左右に二軒分ずつの扉がある。ワンフロアに四戸みたいだ。

その一戸。エレベーターホールを挟んで右手奥の扉。亮治は鍵を開けると部屋に招いてくれる。

室内は、本当にひとり暮らしかと疑いたくなるほど綺麗だ。まだ帰国して一ヶ月足らずだし、整頓《せいとん》されていてもおかしくない。しかし、それにしても自分の部屋とは比べ物にならないくらい、整っている。

「掃除する暇なんて、あるんですか？」

思わず訊ねれば、亮治はスーツの上着をソファの背もたれに投げ捨てる。

「いや、最近はヘルパーを頼んでいる」

「ああ、そうですよね」

納得して頷けば、ネクタイを解いた亮治が手を差し伸べてくる。

「寝室に行こう」

勢いではない素面《しらふ》の状態で、寝室に誘われると妙に生々しい。同性との行為は初めてだし、まさか今日こういった流れになるとは思っていなかったので、覚悟《じ》ができていない。

逡巡して、差し出された手をなかなか取れない。それに焦れたのは、やはり彼だ。

章人の手を摑むと、告げてくる。

「これでも、待ったつもりだ。お前が迷う気持ちもわからなくはないが、俺はここで退《ひ》くつもりはない」

そう言って、多少強引に手を引かれる。

寝室の扉を開けると、広めのベッドがすぐに目についた。

寝心地がよさそうな布団は、普段ならば確実に睡魔を呼ぶ。だが、今はあくびすら覚えない。

緊張で、心臓が激しく音を立てる。

ワイシャツのボタンを外す亮治を、恥ずかしくて見ていられない。視線を逸らして狼狽えていると、声がかかる。

「俺が脱がしてもいいのか？」

「あ、いえ……っ、自分でっ」

ぱっと顔を上げれば、身体の前をはだけさせた彼がこちらを見ている。その姿に、思わず欲情した。

シャツだけでなく、ベルトとスラックスのボタンが外されている。仕事をしているときの彼のストイックさは感じられない。フェロモンを垂れ流す危険な男そのものだ。

鍛え上げられた肉体が服から覗き、獲物を狩るようなギラついた瞳が、こちらをひたりと見据えてくる。それはまさしく肉食獣のものだ。

かすかな恐怖と憧憬と、あきらかな欲情。この男に、これから喰《く》われるという現実に、身体が疼いた。

「……やっぱり、脱がせてください」

勇気が出なかったのではない。雄の目をする、彼の手にかかりたかった。

「いい子だ」

揶揄する口調で囁かれ、服に手がかかる。

亮治の手で一枚ずつ剝《は》がされていくのは、ある種の倒錯を覚えさせる。

迷いや恐れなど、なにもかもが剝がされる感覚。理性すら取り払われる気がした。

「なんだ、ちゃんと勃つじゃないか」

彼が服を脱がすたび、手が肌に触れるたび、情欲は高まった。

靴下までも脱がされ、生まれたままの姿に剝《む》かれたときには、章人の陰茎は勃ち上がっていた。

さすがに少し恥ずかしくて視線を逸らすと手を取られて、彼の股間《こかん》へと導かれる。

「安心しろ、俺も勃ってる」

唇に口づけられ、脱衣の途中だった彼の服の上からそれを示される。

医師として男性器に触れたことはあるが、仕事以外ではない。仕事でなければ遠慮したいそこを、抵抗どころか興味深く触った。

「さっきから、ひどく興奮してる」

「真岡先生……」

「こんなときくらい、名前で呼べよ」

「亮治、さん」

唇をやわらかく食《は》んでくる呼気が熱い。キスを返す章人の息も熱かった。

硬く張り詰めた彼の分身に触れるだけで胸が高鳴る。確かめるみたいに何度もこすり上げると、吐息をこぼされた。

「直接、触ってくれないか」

耳元へ囁かれて、背を走る甘い痺れに小さく身震いする。

言われるまま下着の中へ手を突っ込み、彼の男根に触れる。自分よりもあきらかに大きい彼のものは、とても熱くなっていた。

形を確認するように根元からなぞり上げて、先端までやってくると先走りの液で指が濡れる。

もう片方の手も同じように下着の中に突っ込んで、両手でそれをゆっくり愛撫《あいぶ》した。

左手で支え、右手で撫で回す。

悪戯《いたずら》するみたいに、時折陰嚢《いんのう》に手を這わす。

そうすると、残りの服を脱いでいた彼の手が一瞬止まる。やわらかく揉《も》めば、耳朶を軽く噛まれた。

「初めてじゃないのか？」

手馴れていると感じたのか、それとも抗議のつもりか、責める口調で訊ねながら耳奥に舌を差し入れてくる。

「ぁっ、んっ」

くすぐったいやら気持ち悪いやら、といった感覚に身を竦める。すると亮治の手が導くように、身体を押し倒してくる。

背中がベッドに預けられると、耳を弄《もてあそ》んでいた彼の唇が顔中にキスを降らせてきた。

「章人……章人」

名前を何度も呼びながら落としてくるキスは、徐々に下に降りていく。それに合わせて彼の興奮も高まっているようだった。

両手に収めたままの亮治のものから、温かい汁が竿《さお》を伝い落ちていく。彼が胸へと唇を這わせていくのに合わせて男根は手から離れていったが、離れたときには章人の手はしっとりと濡れていた。

その手の行き場に迷う間も、亮治の唇は章人を追い上げていく。

胸の突起が唇に含まれ、音がするほど吸われた。

「いっ、た」

痛みを訴えれば、癒《いや》すように舐められる。

小さな乳輪をなぞられ、乳首を舌で転がされる。

もう片方の乳首もまた彼の指に弄ばれた。

男でも乳首で感じるというが、本当だった。

「あっ、あ……」

喘ぎ声がこぼれてしまう。

口を塞ぎたくなったが、彼の手が下肢を這ったことで、一層高い声が出た。

「あっ！」

勃ち上がった陰茎を握られる。そこを軽く扱《しご》かれるだけで、射精感が急速に湧いてきた。

「駄目ですっ、こすったら俺、イ……っンンッ!!」

言葉を言い切る前に、白濁は解き放たれた。

パタ、パタと、胸から腹にかけて熱いものが降りかかる。襲う快楽に身を竦ませて震えた。

「大丈夫か？」

身体が落ち着くのを待って、声をかけてくれる。快楽に塗《まみ》れた目で見上げれば、そこにあった彼の瞳に心臓が跳ね上がった。

情欲を宿した瞳は、これまで以上に強く鋭い。本人がわかっているかどうか定かではないが、少し恐怖心を煽《あお》られる。

それだというのに、なぜか下腹部が熱くなった。

(俺……変なのかな)

恐怖と快楽は紙一重というが、まさしくそんな感じだ。

恍惚《こうこつ》すら覚えて見つめ返せば、熱を帯びた手が白濁に濡れたそこを撫でてくる。

「ん……」

身体がぴくっと反応する。鼻にかかった吐息がもれると、亮治が唐突に身体を起こした。

残っていた服を脱ぎ捨てて裸体になり、ベッドサイドのキャビネットからボトルを一本取り出す。

「それって……」

「潤滑油だ」

未使用の透明のボトルは、このときのために用意されたものだろう。蓋《ふた》を開けると章人の下腹部に向けて大量に落とされた。

「冷た……っ」

大げさなくらい身体が震える。抗議の声も口にしたが、それはキスで塞がれた。

「ふ……う、んっ」

舌を絡めて応じれば、彼の手が落とされた粘液の上を撫でる。たっぷりと馴染ませた後で、濡れた手が章人の秘処に触れた。

「ッ!!」

わかっていたとはいえ、身体が跳ね上がった。そこに意識を持っていかせまいとするように、途端にキスが激しさを増す。

秘処を撫でる指の動きに肌が粟立《あわだ》つ。しかし、激しいキスに応えるので精一杯だった。

そうしている内に、身体の中になにかが入ってくる。それが亮治の指だと気づいたけれど、まともに喘ぐことすら許されない。

「んっ、ん……」

鼻から抜ける吐息をこぼせば、すぐに二本目の指が入れられる。一本では、さほど感じなった痛みも、二本も入るとはっきりと感じる。

だが、これは彼と繋がる下準備なのだから……と我慢した。

ひたすらキスに意識を向けていると、指の滑りがよくなったのを見計らって三本目が挿入される。

さすがに呻《うめ》き声を上げたが、動きは止まってくれなかった。指の根元までしっかりと埋められ、内壁を解《ほぐ》される。

つくづく異物を受け入れる器官ではないと実感した。それでも耐えていたが、先に音《ね》を上げたのは亮治の方だった。

「すまない……。もう少し、ゆっくりしてやりたいんだが……俺の方がもたない」

そう詫びながら、指がずるりと抜かれる。

「はぁっ」

体内から抜け出る感覚に、安堵と奇妙な快感を覚えて喘ぐ。すると今度こそ余裕がないとばかりに亮治の身体が脚の間に収まった。

「挿《い》れるぞ」

両脚を抱え上げられて、熱い塊が秘処に宛がわれる。とうとう繋がるのだと身構えた身体の中に、太い異物が入ってきた。

「ツ——!!」

皮膚が裂けるような鋭い痛みを伴いながら、亮治の肉棒が体内へと侵入してくる。

痛いだろうというのはわかっていたが、こんなにも苦しいものとは思わなかった。

「いっ……痛っ、くっ、んっ」

「きつ……っ」

章人が痛みを口にするのと同じく、亮治もまた内部の狭さに呻く。

お互いにつらい行為だ。一旦退いてくれることを心の中で願ったけれど、亮治にやめる気はないらしい。

抉《こ》じ開けるように小刻みに腰を揺らし、少しずつ奥へと進んでくる。

根気よく同じ動作を続けた結果、時間はかかったが彼のものが根元まで埋まった。

「はぁ……」

はくはくと口を喘がせて酸素を取り込む章人とは違い、亮治は心地よさげな息をつく。

あまりに気持ちよさそうな声を聞き、章人の胸が切なく締め付けられる。それと同時に内壁が彼を締め付けたようで、亮治が呻いた。

「これ以上、絞めるな」

千切《ちぎ》れる。

そんな冗談を言うものだから、痛みも忘れて小さく笑った。

すると、彼はひどく愛しそうに目を細めた。

手を伸ばして頬に触れてくる。見つめ返すと、切ない心情を吐露《とろ》してきた。

「こんなに、誰かを好きになるのは初めてだ。章人……お前のすべてが知りたい。お前のすべてが欲しい」

そう言って、負荷をかけないように身体をそっと倒して口づけてくれる。

彼の言葉も仕草も嬉しいのに、胸がぎゅっと絞られるほど痛い。涙が浮かんできそうなほどこの瞬間を愛しく感じた。

彼が好きで好きで、どうしようもない。

この気持ちを伝えたくて、腕を伸ばして彼の首に絡ませ、引き寄せる。

「好き……好きです。俺も、亮治さんの全部が欲しい」

涙が混じったかすれ声で言えば、亮治の力強い腕が身体を抱いてくれる。

「ああ、くれてやるよ」

あまり聞くことのできない彼の穏やかな声音に、胸が震えた。

キスを求めれば応えてくれる。

それに合わせて下肢の動きが再開した。

次第に強くなる突き上げに、痛みも忘れて喘ぐ。揺すられるたびに上がる嬌声《きょうせい》を、章人は我慢しなかった。

塗りたくられたローションが、突き上げられるたびに卑猥な音を立てる。

その音と内部を行き来する男根に快楽が煽られ、一度放った章人のものが再び勃ち上がった。

それを弄《いじ》られ、中を穿《うが》たれると、自分でも驚くほど簡単に高みへと昇る。欲望がすっかり高まった頃、亮治が射精を訴えてくる。

「もう、イきそうだ……」

「はぁっ、あっ、俺、俺も……っ」

待てない、とばかりに彼の腰に脚を絡める。すると亮治の動きは一層激しさを増した。

「あっ、イくっ、イくっ……っ」

女のように声を上げ、亮治にしがみつく。

深いところをグッと押し上げられた瞬間、章人の陰茎は二度目の精を撒《ま》き散らした。

「あぁぁ……ッ!!」

「ッ……!!」

一瞬遅れて亮治が呻いた途端、体内に熱い奔流が流れ込む。

腸壁に叩きつけられるような射精に、章人は身体を震わせた。

「気持ちいい……」

思わずこぼれた声に、亮治のキスが唇を塞ぐ。事後にしては濃厚な口づけに応えた章人は小さく笑んだが、言葉はもう唇からこぼれなかった。

意識が沈んでいくのに逆らえない。

「章人？」

呼び止められたが、瞼は開けられなかった。

諦めるような溜息を耳が拾う。

次いで、優しいキスが瞼に触れたのを感じた。

「おやすみ」

また後で会おう。

亮治の声が、眠りから覚めたときの約束を紡ぐ。そこに幸せを感じつつ、章人は静かに意識を落とした。

愛しい独占欲

1

九月も後半に入ったというのに、いまだ暑い日々が続く。

昼間蓄えた地熱は、夜になってもなかなか下がらず、都心の空気は熱を含む。

そんな外気に負けず、スタンドの薄明りが灯《とも》る室内に、熱をはらんだ吐息が響く。

シャツの中へ侵入してきた手に、ソファに腰かける結衣章人《ゆいあきと》の身体《からだ》が小さく震えた。

「ん……」

手料理をごちそうしてくれる、という恋人の、真岡亮治《まおかりょうじ》の部屋を訪れたのは三時間前のことだ。

待っていたのは本格的な和食で、見た目もさることながら、味も大変よかった。本当に亮治が作ったのかと疑いたくなるほど完璧《かんぺき》な料理の理由を問えば、渡米していた頃《ころ》に覚えたのだと言う。

『和食が恋しくて、ひまを見つけて作っていた』

ホームステイ先の家族や友人にも評判は上々で、気づけば趣味の一つになっていたそうだ。料理が苦手な章人にしてみれば、感心の一言しかない。

美味な料理に舌包みを打ち、酒でも飲みながら恋人との夜を楽しみたいところだが、章人が急な宅直になったためアルコールは控えてもらった。

せっかく用意されていたワインが、栓も抜かれないまま虚《むな》しくテーブルを飾っている。それを目の端でとらえて、申し訳なさを覚える。

(真岡先生だけでも、飲んでもらえばよかった)

待機の章人と違い、亮治は休日だ。彼は酒を飲んでも構わないのに、章人に合わせてくれる。

仕事になると辛辣《しんらつ》なくらい厳しい亮治だが、こんなところはとても優しい。甘やかすのも嫌いではないらしく、手伝いに立った章人に『座ってろ』と言い、椅子《いす》を引いてくれた。

料理が好きだというのも、相手を甘やかすのも、恋人にならなければ知らずにいたかもしれない。

彼との出会いや、ゲイではない自身の趣向を考えると、亮治の恋人になったことが今でも信じられない。

けれど、知れば知るほど彼に惹《ひ》かれていく。

今ではたまらなく好きで、一秒でも長く彼といたい。

「真岡先生……」

「二人きりのときくらい、名前で呼べよ」

「亮治……さん」

想《おも》いをこめて名前を呼ぶと、首元に埋まっていた亮治の顔が上がる。

「だからって、そんな声を出すな」

「……？」

「襲いかかりたくなる」

端正な顔立ちに悪戯《いたずら》な笑みを浮かべるが、わずかに息の上がった声からは、表情ほどの余裕は感じられない。それが、欲されているのだと実感出来て、今にも押し倒してきそうな雰囲気の彼に、章人は自ら身を寄せた。

「真岡先生にだったら、それも悪くない」

吐息混じりに告げれば、亮治がわずかに身震いする。

「案外、たちが悪いな」

「こんな俺《おれ》は、嫌いですか？」

「いや、むしろ歓迎する」

軽く笑いながら体重をかけられるから、抵抗なくソファに身が沈む。

シャツのボタンを外され、リップ音をたてて素肌に口づけが落とされる。鎖骨から胸へ這《は》い、ぷっりと立ち上がった乳首が強めに吸われる。

「んっ」

与えられた刺激に章人が声をもらすと、亮治の手がボトムへとかかった。ベルトが外され、前立てを寛《くつろ》げられる。亮治の指先が下生えをかすめ、章人の分身へと触れようとしたときだ――。部屋いっぱいに携帯の音が鳴り響いた。

二人の身体がびくりと跳ね上がり、一瞬硬直する。

胸元から顔を上げた亮治と目が合い、どちらともなく溜息《ためいき》が落ちた。鳴ったのは、病院から持たされている宅直用の携帯だ。

「すみません」

章人は一言断りを入れてソファを立ち上がると、急いで通話ボタンを押した。

「結衣です」

『結衣先生、緊急が入りました』

聞こえてきた女性看護師の声が、これから患者が搬送されて来ることを章人に伝えてきた。

簡単な説明を聞いて電話を切る。三次救急指定の病院なので、宅直とはいえ呼び出しはしょっちゅうある。

患者が苦しんでいると思えば、なにをおいても駆けつけるのが医師としての責務だが、状況が状況だっただけに、気まずさが否めないのも事実だ。

それでも、悠長にしている暇はなくて振り返れば、亮治はすでに乱れた服を整えていた。

「緊急なんだろう？」

「……はい」

問いかけに章人が頷くと、彼はキャビネットに近づきキーケースを手に取る。

「送って行く」

「え？」

「タクシーを待つより、俺が送った方が早い」

わざわざ車を出してくれると言うから、章人は慌てた。

休日なのに料理作りに時間を割いてもらい、いい雰囲気になった途端に仕事の呼び出しを受けて中断させるのだ。この上、送ってもらうなんて申し訳ない。

「いえっ、タクシーで大丈夫です……っ」

章人が断りを吐くと、彼は小さく苦笑する。

「俺が、まだ一緒にいたいんだ」

「真岡先生……」

彼がくれた言葉に、喜びで身体に震えが走る。

（すごく、嬉《うれ》しい）

普段の激務を思えば、少しでも身体を休めて欲しいところだ。けれど、一分でも一秒でも、長く一緒にいたいと望む気持ちは、章人とて変わらない。

心配や申し訳なさはあったが、どうしても喜びの方が勝る。

「あの……、お願いします」

章人がはにかみながら告げると、亮治は部屋を出るよう促しながら、少々おどけた調子で言う。

「その代わり、誕生日は必ず空けてもらうぞ」

「誕生日？」

「十一月二十日だろう」

教えた覚えはないのに、なぜか日付を知っている。

驚きの目を向ければ、彼は悪戯が成功して満足、と言いたげに唇の端を吊《つ》り上げた。それを見て章人は、小さく笑う。

「再来月の話ですよ」

「今から言っておかないと、休みなんて取れないだろう？」

二人揃《そろ》って、休日を取ることになるらしい。

「約束だ」

「はい」

今から、ふた月先の約束をもらえる。それがまた、章人の胸を熱くした。

2

笹山《ささやま》病院の麻酔科の宿直は、およそ四日に一度回ってくる。

宅直で呼び出されたり、手術が長引いたりして医局に泊まる日もあるので、自宅で休む時間はかなり短い。

亮治と過ごす予定でいた先日の夜も、結局は明け方まで働いた。

白々と明ける空を眺めながら、こんな時間ではメールすら入れられない、と深い溜息をついたものだ。

そんな忙しい夜もあれば、緊急電話が壊れているのかと疑いたくなるほど、静かな夜も稀《まれ》にある。

章人が宿直だった今夜は、気味が悪いくらい平和だった。

怪我《けが》を負って搬送されてきた患者が一名ほどいたが、見た目ほど傷はひどくなくて、麻酔科医が出る幕はなかった。明け方になって、くも膜下出血で運ばれてきた患者の施術をするまで、ぐっすりと睡眠がとれたくらいだ。

苦しむ人が少ないのはよいことだが、つい溜息が漏れ出てしまう。

(宅直のときも、これくらい静かでいてくれたらよかったのに)

正確には、『亮治と一緒のときも』だが、そうそう思う通りにならない。

外科医と麻酔科医という、切っても切れない関係の職に就きながら、すれ違いの連続で亮治の顔を見られない日が続くときもある。

付き合いはじめて、およそ半年。二人で丸一日を過ごした日数は片手ほどしかない。メールや電話だって、躊躇《ためら》うような時間に仕事が終わることも多い。

出来ればもう少し、後少しでいいから亮治と過ごす時間が欲しい。

今日は会えるだろうか……と、手術後の機材を片づけながら時計へと目をやった。

宿直の勤務終了まで、まだ数時間ある。せめて顔くらい見たいが、これぱかりは予想もつかない。

「せっかく静かな夜だったんだから、せめて朝の挨拶《あいさつ》くらいさせてくれ」

このままなにごともないように祈りつつ、章人は医局へと戻る。

部屋に入ると早い時間にもかかわらず、章人よりも二つ年上の同僚が出勤してきていた。

「あれ、早いですね」

おはようございます、と挨拶をすれば、同僚の男が浮かない顔色で返してくる。

「おはよう……。家にいたくなくて、早く出て来た」

「なにかあったんですか？」

深刻な様子が気になって問いかけると、同僚が深く項垂《うなだ》れた。

「……離婚が決まった」

「え？」

不和の前触れも聞いていなかったので、あまりに突然で驚きの声を上げる。

昨今、離婚率が高いとはいえ、身近で起こるとなんて声をかけたらいいのか一瞬言葉を失った。

それを予想していたのか、同僚は一つ溜息を落とす。

「実は、前から上手《うま》くいってなかったんだ」

彼は二年前に結婚したばかりで、奥さんとは大学で知り合った医師同士だ。確か奥さんも麻酔科医で、同じ勤務医のはずだ。

話によると、結婚して半年経《た》った辺りから、ぎくしゃくし出したという。

同じ医師のため忙しい日々が続き、顔を合わせる日が少ない。たまに休みが重なっても、日ごろの疲れを癒《いや》す休息をとったり勉強をしたり、二人で出かけることが減った。話す内容も仕事のことばかりで、家にいても休んでいる気がしないそうだ。

せめて、どちらかが開業医ならば、まだ時間にも余裕があったかもしれない。

だが、勤務医はどうしても病院に縛られる。

宿直に宅直、時間外労働も多いし、担当の患者が急変すれば駆けつける。

医師としてプライドが高ければ高いほど勉強にも熱が入り、頭の中は常に仕事でいっぱいだ。中には、一週間のほとんどを病院で過ごす者もいる。

章人はそこまでするつもりはないが、患者が待っていると思えば食事を放《ほう》り出して駆けつける。

「二人とも医者っていうのが、難しいのかもな」

同僚の呟《つぶや》きに、章人はどきりとした。

医師同士の結婚は、決して少なくない。

その中の何割が上手くいっているか統計こそないが、多少にかかわらず、すれ違いを感じたことがあるはずだ。それがお互いに勤務医ともなれば、その割合もいくらか上がるだろう。

ふと、亮治と過ごす予定だった夜のことが頭をよぎる。

章人の呼び出しに対して、彼は一つも嫌な顔をしなかった。それどころか、車を出してくれる気遣いまでくれる。車内で過ごしたわずか十分が、とても愛《いとお》しくて貴重な時間だった。

共にいる時間が少ないのは寂しいが、それでも、亮治との関係は良好だ。

自分たちは大丈夫、と、離婚が決まった同僚の前で申し訳ないが、幸せを実感する。

「別れるのが、お互いのためなんだよ」

諦《あきら》めるために呟く同僚の言葉は、幸せを感じた章人にとっても重い。

同僚が下した選択は残念な結果になってしまったが、相手を想って別れるだけ立派だ。

「憎くて別れるわけじゃないんでしょう？　だったら、前向きにとらえた方がいいですよ」

友人に戻ったと思えば、またよい関係が築けるかもしれない。

同僚を励ましたところで、産婦人科から緊急の麻酔依頼がやってくる。

章人が急いで部屋を出ると、最近すっかり耳に馴染《なじ》んだ声に呼び止められた。

「緊急か？」

「真岡先生」

振り返った先には、亮治がいた。

勤務までまだ時間があるはずなのに、今日はやけに早出の者が多い。だが、こうして亮治に会えたのは、章人にとって喜ばしいことだ。

「おはようございます」

祈りが通じたのだろうかと考えつつ、喜びの気持ちを隠せない表情で挨拶をすれば、亮治もまた眦《まなじり》を下げて挨拶を返してくれる。

「おはよう。たまには朝飯でも一緒に、と思ったんだが、無理そうだな」

「ギネから緊急カイザーが入ってしまって……」

すみません、と詫《わ》びる章人に、亮治は少しも嫌な顔をせず頷《うなず》く。

「抄読会の原稿を書かないとならないから、俺も、おとなしく仕事をするさ」

口調は残念がっていたが、彼の口元には笑みが浮かぶ。

その笑みは、お互いを認め合っているからこそ浮かぶものだと感じて、章人も小さく笑んだ。

「この埋め合わせは、必ずします」

章人が言うと、「楽しみにしている」と返事をくれる。

場所柄、手に触れることすら出来ないが、愛しさをこめた視線を交わし合う。それだけで、充分幸せだ。

短く挨拶をして、章人は急ぎ手術室へと向かった。


手術前になると、患者の体調を確認するため、麻酔科医には術前回診というものがある。

そこで様子がおかしければ、麻酔科医は手術を止める権限があった。患者の中には、微妙な体調の変化を『たいしたことがない』という勝手な判断で、申告しない者がいる。結局は手術直前に体調を崩し、急遽《きゅうきょ》中止になった例は意外とある。

章人が出来るだけ多くの患者と交流をもとうとするライフワークは、患者の微細な変化を感じ取ったり、彼らの口を滑らかにしたりするのに、一役買っている。

おかげで、術前回診に行くたび、そこかしこから声がかかった。

「結衣先生、こんにちは」

「こんにちは、大分顔色がよくなりましたね」

「結衣先生、これもらいものなんだけど、食べて行かないかい？」

「ありがとうございます。でも、規則でいただけないことになっているんですよ」

差し出されたシュークリームは美味《うま》そうだが、基本的に患者からの貰《もら》いものは厳禁となっている。

章人が断ると患者は残念そうな顔をするが、これればかりは仕方ない。

「また今度、話を聞かせてくださいね」

それを挨拶に代え、次の患者のもとへと移動する。

次の患者は、心臓のバイパス手術を受ける高齢の男性だ。三日前から入院していて、二週間後の退院を予定している。

執刀医は亮治で、麻酔は章人が担当する。彼と仕事が重なるのは、久しぶりだ。

仕事に私情を持ち込むのはよくないが、彼の傍《そば》にいられるのは気分が昂《たかぶ》る。病室へ赴く足取りもどこか軽い。

「失礼します。麻酔を担当します、結衣と申します」

ノックと共に入室すると、患者の傍らには亮治がいた。

「おやおや、院内の色男代表がお揃《そろ》いだな」

章人と亮治を揶揄《やゆ》してきたのは、患者の久保寺惣一郎《くぼでらそういちろう》だ。

大手製薬会社の会長で、院長と友人でもある。彼の会社で製造した薬は、多くの病院で使用されていて、この笹山病院でも使われていた。

外見は穏やかで品のよい老人だが、小さな薬屋を一流企業まで育ててきた人物なだけあって、抜け目ない様子が窺《うかが》える。

院内に三つある特別室の一つに、三日前から入院している。

病院にとってもしがらみのある人物のせいか、医師や看護師が病室を訪れる回数も多い。事実、室内には亮治の他《ほか》に、同じく手術を担当する外科医がひとりと、女性看護師が二人もいた。

亮治は患者の特別扱いを好まないようだが、執刀する相手の様子見には前日に必ず赴くから、ここにいるのも不思議はない。

「結衣先生、術前回診ですか？」

「ええ」

亮治から問いかけられただけで、胸の辺りがほかりと熱くなる。彼と偶然出くわすなんて、今日はついている。だが、執刀医と患者との会話を邪魔するのも悪い。

「後で、改めます」

二人に断って引き返そうとすれば、久保寺に呼び止められた。

「いいですよ、雑談していただけですから」

久保寺は重病を負っているとは思えない張りのある声を発し、笑顔を見せる。

「ちょうど今、『癒される存在』について話をしていたんですよ」

短い説明を向けてくる久保寺の言葉を聞き、章人はちらりと亮治へ視線を向ける。

彼もまた視線を寄越《よこ》し、目が合うと眦をやわらかく下げてくれた。

お互いが、お互いを癒しと思っているのが、視線一つで感じられたから嬉しい。

こそばゆさを覚えつつ頷けば、久保寺も満足そうに笑う。

「医者は激務ですもの、癒しがないといけませんよ！」

久保寺の話に乗っかるように、看護師たちが声音をワントーン高くする。

その視線が亮治に向いているのに気づいて、内心で苦笑が浮かんだ。

（目的は、真岡先生だったか）

頬《ほお》をほんのり染めて亮治を見上げる看護師たちを目にすれば、恋人としては少々複雑な心境だ。

些細《ささい》な独占欲を覚えたとき、病室のドアを叩《たた》く音がした。

入って来たのは、物腰のやわらかい色白の美人だった。

「おや、来たのかい」

「楽しそうな声が、外まで聞こえていましたよ」

女性は、淡いピンク色のワンピースに、薄手の白いカーディガンを羽織っていた。

年の頃は、二十代半ばといったところだろうか。一見しても育ちのよさがわかるお嬢様といった雰囲気で、どこかおっとりとしている。

親しげな口調と、目元に深い皺《しわ》を刻む久保寺を見て、彼女が近親者であることが察せられた。

すると、久保寺が章人に向けて紹介してくれる。

「結衣先生とは初めてかな？　これは、孫娘の貴子《たかこ》といいます」

「祖父が、お世話になっております」

躾《しつけ》が行き届いた仕草で挨拶を寄越す貴子に、章人も頭を下げる。

「久保寺さんの麻酔を担当させていただきます、結衣です」

よろしくお願いします。と、お互いに挨拶を終えると、久保寺が待っていたように亮治へと言葉を向けた。

「真岡先生、うちの貴子はどうです？」

「どう、とは？」

「貴子が家にいたら、癒されますか？」

これまでの話の流れを考えれば、問いかけかもしれないが、久保寺の言葉には違和感を覚えた。

あまり面白《おもしろ》い流れではなくて、思わず眉間《みけん》に力が入る。そんな章人とは違い、表情を変えない亮治が答えようとしたとき、貴子が慌ててそれを遮った。

「なんの話ですか？　やめてください、噂話《うわさ》なんて」

話の節は見えないけれど、貴子は自分が話題だと知って久保寺を咎《とが》めた。表情豊かな彼女は、怒ってさえも可愛《かわい》らしい。それが、久保寺も可愛くて仕方ないのだろう。これでもか、とばかりに目尻《めじり》を下げる。

「いやいや、一般論だよ」

「人の噂話はいけない、と言っているのは、お祖父《じい》さまよ」

彼女の言動は、汚れを知らない無垢《むく》な少女みたいだ。二人のやりとりが微笑《ほほえ》ましくて、つい笑みが浮かぶ。

そんな中、久保寺がしみじみと言う。

「だが、家で迎えてくれる人がいるというのは、本当にいいものだ」

彼の口から発せられた言葉に、章人はどきりとした。

瞬時に、同僚の話が思い浮かぶ。

確かに、愛する人に出迎えられるのは嬉しいだろう。だが、相手を想う気持ちがあれば、一緒に暮らしていなくたって毎日が楽しい。

逆に、愛する人と一緒になっても、同僚のように上手くいかない場合もある。すれ違いの生活をしていたって、お互いの努力次第でどうにかなる。

きっと、亮治も同じ意見でいてくれるだろう。

そう思い目を向けるが、彼は二人きりのときにしか見せないような笑みで久保寺に応えた。

「私《わたし》も、そう思います」

彼の同意は、章人にとってあまりにも意外だった。てっきり否と答えると思っていたから、驚きを隠せない。

目を瞬かせる章人に構わず、亮治は退室のため久保寺に挨拶をし、ベッドから離れる。

「待たせたな」

去り際、亮治の手が章人の肩へと置かれた。何気ない行動だが、彼が意図して触れてきたのを感じて、胸に靄《もや》も一気に晴れる気がした。

「いえ」

しっかりと頷き、部屋を去っていった亮治を想う。

たった数分だが、顔を見て会話が出来ただけでなく、触れてもらえた。触れられた箇所が、いまでも熱い。それだけで、仕事への活力になる。

どこか浮かれた気分でカルテを手に診察を開始すれば、残っていた看護師たちもそれぞれの仕事へと戻って行く。

診察の邪魔になると思ったのか、貴子も、飲み物を買ってくると言い出て行ってしまう。

部屋から一気に人がいなくなって寂しくなったのだろうか。質問の最中に、久保寺が暇を持て余すように話しかけてきた。

「真岡先生は、ご結婚されてないそうだね」

「え？」

「ひとり暮らしだと、聞きましたよ」

「そうですか」

恋人の話とはいえ、あくまでも他人の私生活だ。はっきりと答えるのが憚《はばか》られて控えれば、章人の気遣いを察したのか、久保寺が笑う。

「口が固いのは、利口な証拠だ」

そう言いつつも、亮治の話をやめるつもりはないらしい。

「真岡先生は苦笑していたので、もしかしたら、将来を約束した方がいるかもしれないな」

将来を約束はしていないが、彼の恋人ならば目の前にいる。

照れくさいような、告げられないのがもどかしいような……。

けれど、人に教える話でもないので声にするつもりはない。

苦笑いで誤魔化《ごまか》す章人の気持ちを、しってかしらずか、尚《なお》も久保寺が訊《たず》ねてくる。

「真岡先生のご実家は、神奈川にある病院だったかな？」

「そうだったかもしれませんね」

院内で働く者ならば、誰《だれ》もが知っている有名な話で、言葉を濁す意味はないかもしれない。それでも、やはり軽く応じていい話とも思えない。

「真岡先生は、ご長男だったかな？」

「いえ、詳しくは」

「将来は、跡を継ぐのだろうか？」

「どうでしょう」

まるで亮治の身辺調査だと感じ、そこに窺える相手の思惑が嫌でも知れた。

(見合い、かな)

久保寺は亮治を気に入っているみたいだし、まず間違いないだろう。

章人も、何度かその手の話をもらった経験があるが、独身の男性医師とは、それほど魅力的に映るものなのだろうか？

いや、確かに亮治は魅力的だ。見目も経歴も収入も、実家だって総合病院を営んでいるし、次男坊だ。目をつけられない方がおかしい。

しかし、彼のよいところは、決してそれだけではない。

手術中の速くて正確な手先だったり、辛辣な言葉を放つくせに根は優しかったり……と、上げたらきりがない。

なにより、厳格な思いで命と向き合う、彼の信念は尊敬に値する。

上辺だけのステータスなど、彼には不必要だと章人は感じている。だが、仕事中の彼を見ろというのも、なかなか無理な話だ。

むしろ、仕事に従事する彼まで知られたら、余計に誘いが増すだけだ。

恋人としては自慢したい一方で、隠しておきたい、複雑な心境でもある。

どちらにしても、これ以上詮索《せんさく》をされても困る。それに、恋人の見合い話など聞いても面白くはない。こんなときは、とっとと退散するに限る。

「では、これで終わりです」

章人が挨拶をして去ろうとするが、久保寺は引き止めるように言葉を放った。

「貴子が、真岡先生を気に入ったようだ」

「え……」

「今はインテリアの仕事をしているが、仕事はいつでも辞めさせられる。だから、一度どうかと思うんだが」

明言こそしないが、彼は見合いをさせたいと言っている。

その話を、亮治の恋人である章人に振られても答えようがない。

しかし、駄目です！　とは言えないもどかしさを覚えながらも、頭に浮かんだのは、久保寺と病院との様々なしがらみだ。亮治とて久保寺から見合い話がきたら、簡単には断れないだろう。

言葉もなく見返す章人に、久保寺は言う。

「こういうのは、どちらかが妥協しなければな」

彼の言葉に、章人の鼓動が大きく音を立てる。

「……そ、ですね」

なんとかその場を取り繕い退室に成功したものの、部屋の外に出たところで章人の足は止まった。

とっくに部屋を辞した亮治と、飲み物を買いに席を外したまま戻らなかった貴子が、まだ部屋の傍にいたからだ。

距離があって、二人がなにを話しているのか聞こえないが、随分と楽しそうだ。少なくとも、章人の目には、親しげに映った。

（真岡先生……）

久保寺の言葉に同意した際の、亮治の表情が思い出される。

なぜ、あのとき彼は頷いたのだろう？　彼も久保寺同様、家で誰かに出迎えられたいと思っているのだろうか？

これまで、『時間が足りない』といった不満を、一度も聞いたことはない。章人も、心では思っていたが、亮治の前で口に出したことはない。

それでいいと章人は思っていたが、亮治は違ったのだろう。

改めて見る亮治と貴子は、美男美女でとてもお似合いだ。

楽しげに笑い合う彼らを見ていると、胃の辺りがやけに重苦しく感じられた。


久保寺のバイパス手術は、朝の九時からはじまり、予定通りの三時間後にはきっちりと終わった。

高齢であるため体力の心配はされるが、手術自体はそれほど難しいものではなかった。

「結衣先生、ありがとうございました」

術後に挨拶をくれる亮治に、章人も頭を下げて返す。

手術中は集中するので久保寺の話も忘れていられたが、終わった途端に、胸にもやもやとしたものが湧《わ》いてくる。

後片付けのため手術室に残る章人を置いて、先に出て行く亮治の背が、今日はやけに素っ気なく感じられた。

今朝から共に仕事も出来たし、おかげで会話だって出来た。それだけで充分幸せのはずが、なんだか、それだけでは物足りない。

むしろ、亮治と言葉を交わすたび、姿を見るたびに、かすかに焦りのようなものが迫ってくる。

（なにも起こってないのに……なんで、こんなに気になるんだろう）

見合いをしたというならば、不安にもなろうかと思うが、まだなにもない。

それなのに、これほど気が急くのは、久保寺の一言が章人の胸を衝《つ》いたからだ。

『共働きなんて、すれ違いを生むだけ』

確かに、家に帰ったとき誰かが迎えてくれるのは嬉しいだろう。相手が愛する人ならば、とても安らげる。

これまで癒しの必要性をあまり感じなかった章人も、亮治と付き合うようになって、大事だと知った。

だからこそ、久保寺が口にしたセリフも理解出来るし、つい考えてしまう。

でも、どちらかが医師を辞めて家で待つなんて考えはないし、都内で開業医を営む実家に戻る気持ちもない。

しかし、亮治との時間が取れないのも事実だ。

勤務先が同じなのを嬉しく感じていたが、実際は姿を見かけるだけ、挨拶を交わすだけ、という日も多い。

たまに隠れて口づけを交わしたりするけれど、担当する手術の日程が合わなければ、途端に会えなくなる。

すぐ傍にいるのに会えないのが、切なく感じるときもあるが、それだって自分たちの頑張り次第だろう。

「もっと会いたいなんて、贅沢《ぜいたく》なのかな」

自分たちは同性同士の付き合いであるため、男女の関係とは違っていて面倒《めんどう》や制限がある。

カミングアウトして認められているわけでもないし、結婚という形で結ばれることも出来ない。

これまで、他人に認められたいとか、誰かに知ってもらいたいとか、といった欲求はなかった。

だが、今日ばかりは、公にしていない二人の関係がやけに気になる。

もし貴子との見合いが決まったら、彼はどう対処するのだろう。

ひとりで考えたところで、答えは出ない。わかっているが、考えずにもいられない。

章人は手術室を出て、その足で集中治療室に入った久保寺の容体を看《み》に行く。

バイタルが安定しているのを確認し、まだ麻酔から覚めない久保寺の顔色を確かめた後で、再び見合いの話が脳裏をよぎった。

これだけ多くの医師がいる中で、なぜ亮治に目をつけたのだろう。

いや、同性の自分ですら彼に惹かれたのだから、女性が惹かれるのはもっと容易《たやす》い。

頭ではわかっていても、心は違う。

つい溜息が落ちそうになるから、章人は気を引き締め直して、集中治療室を後にした。

そのまま医局へと戻り、簡単なデスクワークをしてみたが集中しない。

いけないと思いつつも、久保寺の言葉が頭から消えてくれない。それどころか、同僚が離婚を決めた理由までが思い出されてくるから、キーボードを打つ手が止まる。

(駄目だ……！　こんなのは、自分らしくない！)

時間がないと感じるならば、時間を作って亮治に会いに行けばいい。

身体は多少きつくなるかもしれないが、考えたって解決することはない。

章人はさっさとデスクワークを終えると、次の仕事へと移った。


昼に久保寺の手術を終え、午後から長時間の手術を担当した後で、章人は外科の控室を覗《のぞ》いた。

部屋には馴染みの外科医が数人いたが、亮治の姿はない。二十一時を回っているとはいえ、手術中の医師も多い。亮治もまだ手術中かもしれない。

居所を訊ねようとすれば、甘さを含んだ深い声が耳元で囁《ささや》いてくる。

「誰か、探しているのか？」

耳を軽く押さえて振り返れば、探し人である亮治がいた。

「どうした？　今日はもう終わりか？」

「まだですが、少し時間が空いたので」

だから会いに来たと言外に伝えると、普段は切れ上がった眦をやわらかく下げてくれる。

「コーヒーでも飲むか？」

「それより、時間ありますか？」

「ああ、大丈夫だ」

用件を伝えなかったが、亮治は快く応じてくれた。

彼を誘い、屋上へと出る。すっかり陽《ひ》が落ちた屋上は、人気がなくて静かだ。

そんな屋上に誘うなんて、異変でもあったのかと、心配そうに亮治が訊ねてくる。

「なにか、あったのか？」

確かに、章人の方から誘うのは珍しいかもしれない。

「いいえ、ただ会いたかっただけです」

本音を口にすれば、亮治は虚をつかれたみたいな驚きを見せた後で、少し照れた様子で頷きを返してくれる。

「俺も、会いたかった」

本当に見合い話がきたらどうするつもりか、聞いてみたい気持ちはあったが、きっと、彼ならば断わってくれるだろう。

なので、あえて訊ねるつもりはない。だが、なぜ久保寺の意見に同意したのか、は訊《き》いてみたい。

けれど、それもまた些末なことでしかないような気がするので、今のところ訊ねるつもりはない。

「亮治さん」

めったに自分からは呼ばない名前を口にして、彼の逞《たくま》しい体躯《たいく》を壁へと押し付ける。

驚く亮治の唇に、章人は自ら口づけた。

あまり時間がないので、性急に彼の口腔《こうこう》へと舌を差し込む。

歯列をなぞり、舌を探りあてて絡めれば、亮治からの応《いら》えはあったが反応はあまりよくない。

普段ならば、強引に感じるくらい亮治の方から求めてくるのに、身体を抱いてもくれない。

もどかしくて口づけをさらに深いものにしようと、彼の首に腕を回す。癖のない黒髪に手を差し込めば、亮治の手がようやく身体に触れてくれた。

しかし、抱き締めてくれると思っていた手に、肩を摑《つか》まれ押し返されてしまう。

「――っ!?」

距離を取られて驚く章人に、亮治は眉根《まゆね》を寄せた険しい表情で訊ねてくる。

「まだ、仕事が残っているんだろう？」

「え……ええ」

確かに残っているが、これまでも、仕事中に隠れてキスくらいはしていた。今回が初めてというわけでもないのに、彼は章人の求めをよしとしない。

「今度にしよう」

仕事を優先させるのは当然だが、今日の亮治はやけに素っ気なく感じる。違和感を覚えて見つめるも、亮治は困惑すら浮かべた表情で呟いた。

「……今日は、疲れているみたいだ」

軽く視線を逸《そ》らせて、とってつけたような言い訳を口にする。普段の彼らしくない様子が、やけに気になった。

(俺では、癒されないってことか?)

そんなことない、と頭では理解しているのに、心は不満を訴える。昨日の久保寺の話に、少々過敏になっているらしい。

確かに、章人自らキスをねだるなんて、これまで数えるほどもない。彼を困惑させてしまったかもしれないと反省して、改めて口を開いた。

「だったら、話でも――」

会話ならばいいだろう、と口を開くが、それすらも止められた。

「すまない、仕事を思い出した」

「――ッ!!」

あからさまな言い訳なんて、亮治らしくない。

驚きで、次の言葉が見つからなかったくらいだ。

そのまま促されて屋上を後にするしかなくて、消化の悪い食べ物を食べたみたいに、胃の辺りが重くなる。

「近いうち、時間を作る」

「……はい」

そう言われて頷いたものの、足早に控室へと戻って行く亮治に、章人は不満を隠せなかった。

いったい、なぜ突然キスを止められたのだろうか。

『疲れている』『仕事を思いだした』と彼は言ったが、おそらく嘘《うそ》だ。

亮治の困惑した表情を思い出すと、章人の中にもやもやとしたものが湧いて膨らんでいく。

(いつもの真岡先生なら、理由くらい言ってくれる)

それなのに、先ほどの彼は、普段とは違っていて随分と拙《つたな》い態度だった。なにかを、隠したがっているのがありありと伝わってきて、疑念が生まれる。

そこで、ふと、久保寺の見合い話が脳裏をよぎった。

まさか、久保寺からもう話があったのだろうか?

そう思うも、昨日の今日だ、さすがにそれはないだろう。しかも朝一番から手術なのに、可愛い孫娘の見合い話を、片手間的に持ちかけるはずがない。

だから見合いの話はすぐに捨て去れたが、理由を考えても浮かばなかった。

「理由くらい、教えてくれてもいいじゃないですか」

思わずこぼれた不満に、章人は深い溜息を吐《つ》いた。

3

並木道を作る街路樹が、うっすらと色づいてきたのは十月も半分が終わろうという頃だ。

移ろいゆく景色を眺めながら、章人はのんびりと街を歩く。

久保寺は二週間の入院生活を無事に終えて、昨日めでたく退院していった。

集中治療室を出た久保寺は、年齢のわりには回復力も早くて、退院直前などすっかり元気になっていた。術後に、患者が元気な様子を見せてくれるのは、医師として嬉しい限りだ。

だが、おかげで余計な不満を覚えたのも否めなかった。

『結衣先生からも、真岡先生にそれとなく勧めてみてくれませんか』

特別室へ戻った久保寺を、様子見がてら見舞ったとき、再び彼が話を振ってきた。

こともあろうに、亮治の恋人である章人に言うなんて、久保寺の努力には申し訳ないが間違っている。それとも、亮治との関係になにか気づくところがあって、牽制《けんせい》でもされているのだろうか？

小さな店を、大手製薬会社まで成長させた男だ。抜け目ない様子といい、観察眼は人一倍鋭いに違いない。

久保寺の願いに応じることも出来ないし、亮治の話をこれ以上訊ねられても困るので、ここ数日は特別室に近づかなかった。

なんだか逃げているみたいで、少しばかり嫌な思いはしたが、仕方がない。

だが、その久保寺も退院したし、色々と一安心だ。

ひとまず安堵《あんど》を得たものの、なぜだか胸にある靄が晴れない。きっと、亮治と会えなくて寂しいせいだ。

あいかわらず、私生活はもちろん、仕事でもすれ違いが多い。なんとかやりくりして時間を作ってみても、落ち着けなかった。

せめて、もう少し会う時間が増えて欲しい。いや、声を聞くだけでも構わない。

だが、仕事は電話をするのも躊躇われるような時間に終わることも多い。今日みたいな休日に、メールの一本でもしてみようと思うも、相手が仕事中で出られないとわかっているから、つい遠のく。

恋人にはなったものの、後一歩、彼の中に踏み込めない。

時計を眺め、今日も亮治に会えないと思うたびに、最近は久保寺の言葉が思い返されてくる。

どちらかが妥協しないと、勤務医は時間から逃れられないものなのだろうか？

(外科と麻酔科なんて、特に……か)

どちらも殺人的に忙しい科だ。時間が欲しいならば、転科も考えないとならないが、今の仕事が好きで就いているのだ。転科などという考えは、すぐに消えた。

「けど、時間がないのは事実だ」

章人は賑《にぎ》わう街中で、ひとり溜息を落とした。

シフト制の休みが日曜日に当たった今日、遅く起床した章人は、買い物のために街へと出た。

自宅から二駅ほど行った街は、勤務先にも近い。

パスタ専門店に、ランチのラストオーダーぎりぎりに入店して食した後で、街中をぶらりと歩く。

休日の午後ということもあって、家族連れやカップルが多い。その中をひとりで歩いていると、いつもは感じない寂しさが湧いてきた。

男女のカップルのように、腕を組んだり手を繋《つな》いだりしたいとは思わないが、隣に亮治がいてくれたらどれだけ楽しいだろう。

ウィンドウを冷やかしてみたり、静かに映画を観《み》てみたり、たまにカフェに寄って他愛ない話に興じるのもいい。

プライベートで仕事の話をするのを嫌がる人もいるが、亮治も章人も、その辺りはあまり気にしていない。むしろ、一つの症例について意見を交換し合えるのは、とても勉強になる。

だが、今日の彼は出勤日で、今頃は手術室で患者の命を救っていることだろう。

休日は嬉しいが、ひとりでぶらぶらするくらいなら、亮治と共に働いていた方が嬉しい。

「これなんて、真岡先生に似合いそうなのに」

夕方の陽が映り込むウィンドウには、すでに冬物が飾られている。

まだ暑い日もある今は、あまり欲しいと思わないけれど、もう半月もしたら購入意欲がそそられるだろう。

モデル並みに整った亮治は、きっと、なにを着せても似合う。彼の整った長軀を思い浮かべて、濃灰色のテーラードジャケットを脳内で合わせてみた。

ジャケットを着た彼と街を歩く想像をするだけで、幾分楽しい気分になれるから苦笑がこぼれる。

(誕生日には、叶《かな》うといいけどな)

必ず一緒に過ごすと約束してくれた彼は、案外とロマンチストかもしれない。

誕生日を知っていたくせに黙っていて、驚かせるところなんて、まさしくそれに値する。

どんな誕生日が待ち受けているのか考えるだけで、寂しさが吹き飛ぶ気がした。

「来月には、一緒に過ごせるんだ」

そういえば、亮治の誕生日を聞いていなかったと、改めてウィンドウへと目をやる。

そこに映り込んだ姿に、章人の心臓が跳ね上がった。

「真岡先生!?」

章人が眺めるウィンドウの、斜向《はす》かいのカフェから出て来たのは、誰であろう亮治だ。

なぜ、出勤しているはずの彼がここにいるのだろう。休みを取るとは聞いていない。

聞いてはいないが、こんな場所で会えるなんて幸運な偶然だ。

喜びで昂る気分を隠せず振り返ろうとした章人だったが、亮治の後に続いて出て来た女性を目にして動作を止めた。

「久保寺さんの……お孫さん……」

亮治と共にいる女性が貴子だと気づき、章人はその場で凍りついた。

章人の中にいくつも疑問が湧き起こったが、答えなど出るわけがない。

二人は章人の存在に気づかないまま、雑踏へと消えて行ってしまう。

その姿を追うことも出来ずに見送った章人は、彼らの姿が見えなくなってから、ようやく息を吐き出した。

いったい、二人はなぜ一緒にいたのだろう。

可能性のありそうな理由を思い浮かべようとするが、浮かんできたのは見合いの話だけだ。

(まさか……お見合い？)

久保寺が退院して、まだ一日だ。見合いをするにしても、あまりに性急過ぎる。

しかし、他の可能性が思い浮かばない。

彼らに共通しているのは患者の久保寺だが、たとえ彼の話をするにしても、病院で会えば済む。わざわざ、外で会う必要はない。

再び疑問が湧いたとき、章人の中に一つの映像が浮かんだ。

以前、亮治と貴子が楽しげに会話をしていた。美男美女でお似合いだと感じたものだ。

その後に、亮治から口づけを拒まれた出来事まで思い出されてくると、章人の中に不穏な気配が湧いた。

なぜ今、この二つが思い浮かんできたのか、わからない。

関連性なんてないのに、思い出すと、やけに引っかかってくる。

一度気になり出すと、次から次へと色んな言葉が脳裏に浮かんできた。

その中に、『家で迎えてくれる人がいるのはいいものだ』と、説いた久保寺の言葉が思い出される。

そして、それを肯定する亮治の甘い笑みが思い返されたとき、章人は、血が逆流するようなザーッという音を体内で聞いた。

（な……なんだ、突然……）

途端に、動悸《どうき》が激しくなり、目の前がちかちかとして見えづらくなる。

胃が収縮して重苦しい痛みを訴え出すと、今すぐ二人を追いかけたい衝動に駆られた。

そして、こんな時間になにをしているのか亮治に問いたい。彼には決まった人がいると、貴子に伝えたい。亮治は自分のものだと、大声で言ってしまいたかった。

嫉妬《しっと》を覚えるもなにもできず、章人は、ただ立ち尽くすしかなかった。

4

今朝は、一段と憂鬱《ゆううつ》な朝だった。

こんなにベッドを離れるのがつらいのは、いつ以来か。恩師が亡くなったときだろうか、それとも担当した患者を初めて救えなかったときだろうか。

起き上がるのもつらくて、メンタルが身体に影響を及ぼすという定説を、自身で体感する。

だが、手術を待つ患者を思えば、つらくとも身体を起こさないとならない。

寝た気がしない頭をすっきりとさせるため、熱いシャワーを浴びれば、幾分ましになった。

朝一番からカンファランスを行う予定があり、病院に着くとすぐ準備にとりかかる。間違いがないようカルテを確かめながら揃え、章人は部屋を移動した。

昨日は、亮治と貴子が一緒にいるところを見かけてしまい、衝撃を受けた。

出勤しているはずの亮治が、休暇を取ったと教えてくれなかったのも悲しかった。

しかし、なによりもショックだったのは、彼らを見かけてからおよそ一時間後、亮治から連絡があったことだ。

正しくは、留守電に残された彼の言い訳に傷ついた。

『今日は、早く上がらせてもらったんだ。飯でも食いに行かないか？』

まるで、今まで仕事をしていたみたいな口調で、夕飯に誘ってくる。

行きたい気持ちが、なかったといったら嘘だ。亮治とは、いつだって会いたい。

けれど、そのときばかりは応じることが出来なかった。

折り返しの電話をせず放置していたら、彼から三十分置きに連絡がきた。

十八時から始まった電話とメールが途切れたのは、二十四時を回ったときだ。

始めの内は、寝ているのか？　と揶揄を含んでいた。その内に苦笑が混じり出し、心配そうな口ぶりに変わっていき、最終的に不安な様子で留守電は終わっていた。

自宅まで足を運んでくれたらしく、チャイムを鳴らしたが出ないと言う。

倒れているのではと心配になり、管理会社に鍵《かぎ》を開けてもらうよう頼もうとしたが、営業が終わっていて連絡がつかないと言っていた。

確かにチャイムは鳴った。おそらく亮治だろう、という予想も的中している。

もし管理会社が営業中で鍵を開けていたら、ベッドの中で携帯を握り締めた章人を、彼は見つけていただろう。

開けられなくて助かったような、いっそ開けてもらいたかったような……。矛盾した思いが、今も胸に残る。

彼からの連絡だと知っていて、受け取らない自分はとても卑怯《ひきょう》だ。心配をかけさせて、申し訳ない気持ちもあった。

だが、なにを言い出すかわからなくて、電話をする勇気が出なかった。

『伝言を聞いたら、何時でも構わないから連絡をくれ』

最後に残されていた亮冶の言葉だが、結局、章人はメールの一本も入れないまま朝を迎えた。

おそらく今日、亮冶から経緯を問われる。

なんの言い訳も思い浮かばないが、会わないわけにはいかない。しかも、こんなときばかり仕事が一緒で、皮肉に感じずにはいられなかった。

けれど、心配をかけさせた彼に、詫びと礼だけは言っておきたい。

最低限それだけは言わなければ、と考える章人の前に、早速亮冶が姿を見せた。

章人の姿を見るなり、彼はホッとした様子で息をつく。目元にうっすら隈《くま》の残る表情で、挨拶よりも先に心配を寄越された。

「昨日は、具合でも悪かったのか？」

もしかして、ずっと連絡を待っていてくれたのだろうか？

有り難さと、申し訳なさで、その優しさに胸がいっぱいになる。

「ご心配を、おかけしました。ありがとうございます。それと、連絡をせずにすみませんでした」

一気に礼と詫びを告げるが、それだけで納得してくれる男ではない。

「それは、質問の答えになっていない」

言われるだろうという予想はあったが、ここで話をするにはタイミングが悪い。

他の医師たちも集まり出し、カンファランスがそろそろ始まる。

「すみません、後にしませんか？」

章人が言うと、さすがに亮治も頷いてくれる。二人共、なにを置いても仕事が第一だ。

しかし、生気に欠けた態度からなにか察したのか、彼には珍しくもどかしさを隠せない口調で発する。

「必ず、聞かせてもらうからな」

それにたいし頷き返したものの、席についた章人は内心で深い溜息をこぼした。

言い訳をするつもりはないが、昨日見かけた光景を口にするのも躊躇われるし、感じている思いを告げるのも勇気がいる。

まだ、亮治が休暇を教えてくれなかったのは妥協出来る。だが、内緒で貴子と会っていたのは、どうしても割り切れなかった。

（女性に嫉妬しているなんて知ったら、なんて思われるだろう……）

男のくせに嫉妬なんて女々しいとか、いちいち休暇を報告しないとならないのかと、面倒に思われるかもしれない。

自分自身も、彼の前で醜態は晒《さら》したくない。

出来るならば、何事もなかったように済ませたいが、亮治に嘘をつくのも嫌だった。


カンファランスが終了すると、亮治が声をかけたそうにしていたが、章人は定例の手術が入っていたので急いで部屋を辞した。

手術室に入ると嫌でも集中力が増し、余計なことも忘れられる。

一本手術が終わっても、麻酔科に暇はない。

心臓外科、脳外科、産婦人科など、他科からの依頼を麻酔科は一手に請け負う。三次救急指定病院でもあるため緊急などもあって、朝から夜中まで手術室から出られない日も多い。

後ほど話そうと、亮治から言われていたが、その日の章人は結局一日を手術室で過ごした。

ようやく落ち着いたときには、時計の針は日付を跨《また》ごうとしていた。

「さすがに、疲れた」

嫌なことを忘れていられたのは有り難いが、神経を使う職なので、気を抜くとどっと疲労がやってくる。

朝に出て行ったきり戻れなかった医局へと帰れば、同僚は誰もいない。

緊急に捕まる前に帰りたいと思いつつも、ソファに腰かけると動くのが億劫《おっくう》になった。背もたれに背を預けると、身体がずるずると横に倒れて行く。

医局のソファは決して心地よいとは言えないが、それでも、疲れた身体には気持ちがよかった。

「真岡先生は、もう休んでるかな」

それとも、まだ手術中で病院にいるのだろうか？

どちらにしても、今日はもう話をすることは叶わない。

だったら、このまま病院に泊まるのも悪くない。自宅でひとりになるよりは、きっと気が紛れる。

「シャワーだけでも、浴びないと……」

誰もいない部屋で呟いたとき、おもむろに麻酔科のドアが開いた。

緊急か？　と思い視線を向ければ、亮治が立っていたから驚く。

「終わりか？」

「真岡先生!?　まだ、残っていたんですか!?」

慌てて身を起こす章人に、彼は無言でドアを閉める。向かいのソファに腰かけてから、ようやく彼は口を開いた。

「話をすると、言っただろう」

まさか、そのためだけに待っていたのだろうか？

改めて時計に目をやり、章人は急いで席を立った。

「す、すみません……っ。お茶でいいですかっ？」

買ってきます！　と言う章人を、亮治は制した。

「構わなくていい。それより、昨日はどうしたんだ？」

「あ……」

問われてはじめて、なにも答えを用意していなかったことを思い出す。

章人が言葉に詰まるのを見ても、亮治はしばらく待っていてくれた。しかし、躊躇ってばかりでなにも言わないものだから、促すように言葉をくれる。

「なにかあったのか？」

いくらか声もやわらかくして、答えやすいようにして促す。

だが、そうまでしてもらっても本音は口をついて出なかった。

「……寝て、ました」

嘘は嫌いなはずなのに、結局、無難な回答を選択してしまう。

しかし、目を合わせない章人の態度は、言葉以上にわかりやすく偽りだと教えていた。

そんな様子に、亮治が押し黙る。こちらもまた、嘘だと疑っているのがありありと伝わってくるから、章人は息を呑《の》んだ。

室内には、重苦しい沈黙が落ちる。

緊張のため、心臓が強く胸を叩く。向かいに座る彼にも、その音が聞こえてしまいそうなほど室内は静かだ。

早くこの状況から抜け出したいのに、なにも言葉が浮かばない。亮治も、黙ったままでいる。

いつまでも続く緊迫した空気に、章人が耐え切れなくなってきた頃、ようやく亮治が問いかけてきた。

「本当か？」

短い一言を慎重に紡ぐ。そこに彼の真剣さを感じて、章人は身を強張《こわば》らせた。

まるで、真実を話す最後のチャンスだ、と言われているみたいだ。

思わず顔を上げると、強い視線が向けられていた。

その視線は、章人の返答ならば嘘でも受け入れる、という覚悟が見て取れた。

そんな彼が、あまりにまっすぐ過ぎて……。その強さがあまりに眩《まぶ》しくて、余計に自身の狡《ずる》さや醜さを実感する。

(呆《あき》れられたくない……)

ここで先ほどの言葉を否定すれば、もっと醜い言い訳をしなければならなくなる。

どちらがより呆れた話だろう、と考える力は残っていたが、答えが出る前に唇は開いた。

「……はい」

返した傍から、後悔が浮かぶ。

だが、否定するにはもう遅かった。

「そうか」

亮治は一瞬不快そうに眉根を寄せたが、一つ呼気をついて頷いてくれる。

「なにもなくて、よかった」

「っ！」

亮治から心配と安堵の言葉が紡がれると、章人の中で罪悪感が大きく脹らんだ。

今、自分は彼の期待を裏切ったのだ。

その事実に気づき、愕然《がくぜん》とする。

（俺……真岡先生に、嘘をついたんだ……）

再び無言が落ちる室内は、いつまでも重い空気に包まれていた。

5

十月も後半に入れば、秋も大分深まる。最近は雨が多くて、ひと雨毎《ごと》に寒くなっていくのを体感していた。

今日も、空には鈍色《にびいろ》の雲が広がる。今朝はうっすらと陽が射していたというのに、厚い雲は今にも雨粒を落としそうだ。

まだ昼間とはいえ陽射しがないせいか、長袖《そで》のケーシー一枚で外に出るのは寒い。

次の手術まで時間が空いたから、休憩のつもりで屋上にやってきたが、患者はもちろん医師や看護師のひとりもいない。

「こんな空の下で、息抜きもないよな」

だが、考え事をするには具合がいい。

章人は、据えられたベンチに腰掛けて息をつく。すると、すぐに思い浮かぶのは亮治の顔だ。

貴子と会っていた亮治を見かけてから、二週間が経つ。

あいかわらず毎日忙しくて、彼とはすれ違いが多い。なかなか二人きりになれないのはいつものことだが、少なくともこの二週間は、章人自身が原因を作っていた。

嘘が嫌いなくせに、嘘をついた。しかも、相手は大切な恋人だ。

その後、亮治はなにも問わず普段通りに接してくれたが、それが逆に、章人の罪悪感を煽《あお》る。

『時間があるなら、一緒に夕飯を食わないか？』

午後から手術室に入った亮治から執刀を終えた後で、食事に誘われた。

時間を作ろうと思えば作れたし、断る理由もなかったので受けようとしたが、首を縦には振れなかった。

『すみません……次の、準備をしないと』

仕事だと言えば、亮治も引き下がるしかないのだろう。

短く頷いて、その場は引き下がってくれた。

しかし、それが余計に章人の中に後ろめたさを募らせる結果となったのは間違いない。

時間を見つけては、何度も食事や休憩に誘ってくれる亮治に、応じられなくなっていった。

会えば後ろめたくて、次にはさらに後ろめたくて、蓄積するばかりで解消には至らない。

自身がついた嘘に傷つくほど馬鹿な話もないが、亮治が普段通りに接してくれるから、余計に罪の意識が高まった。

今からでも、『あれは嘘だった』と、謝罪した方がいいのではないか。今ならばまだ、彼は許してくれるのではないか。

睡眠もまともに取れないほど、そのことばかり考えてきた。

だが、一度口にした言葉を覆すのは、相当な勇気がいる。時間が経てば経つほど、真実は伝えにくくなっていき、今では亮治と視線を合わせるのもつらい。

罪悪感に押し潰《つぶ》されそうで、最近では、彼の姿を見かけるたびに方向転換をしてしまう。

会いたくて、とても会いたくて仕方ないのに、会おうとしない。

この二週間、少なくとも彼とのすれ違いを生んでいるのは、誰でもない章人自身だ。

無意味な行動をとる自分に辟易《へきえき》とするが、今度こそ真実を話す、という意思に反して身体が逃げてしまう。

呆れられてもいいから、あのときすべてを暴露しておけばよかったのだ。そうすれば、今こんなに苦しいことにはなっていない。

そもそも、嫉妬なんてしなければ、彼を避けるような状況にはなっていなかった。

あれから、亮治と貴子が会っているかどうか、章人は知らない。

見ていないからこそ心は平穏でもあるし、見えないからこそ疑心も覚える。

すべての原因が、自らの嫉妬にあると気づきながらも、疑いをもつことも止められない。

二人の間になにがあって、なぜカフェで会う運びになったのか、理由を知りたい。

（まさか、惹かれ合ってる……とかじゃないよな？）

貴子は、おっとりとした美人だ。彼女のような人が家で迎えてくれたら、と亮治が考えたって、おかしな話ではない。

だが、彼の想いが自分から離れたようにも感じない。

むろん、避けていたこの二週間で、変わった可能性がなくはないが……。もし本当に心変わりをしたなら、亮治ははっきりと告げてくるはずだ。

彼は、無駄に曖昧《あいまい》なことはしない。そんなところは理解しているのに、なぜ、彼を全面的に信用していないのだろう。

悩みに悩んだ結果、あの日の行動の理由を教えてもらっていないから、という答えに行き着いた。

訊ねてないものを教えろという傲慢《ごうまん》さには、また辟易としてくるが、訊ねられないもどかしさが章人の心を逸《はや》らせるのも確かだ。

貴子と会ったことを、意図的に隠されている気がするのは、嫉妬による被害妄想だろうか？

妄想するくらいならば確かめろ、と思うのに、行動に移せない。

今度の週末は、二人揃って休日が重なる貴重な日なのに、このままでは約束すら出来ない。

「……情けない」

男らしくない自身の態度に対して呟くと、背後から低い声に問いかけられた。

「なにが、情けないって？」

「ッ――!?」

よく知る亮治の声に驚き、振り返る。そこにいた彼は、ひどく冷めた表情をしていた。

「こんなところで休む暇があるなら、会えない恋人を探そうとは思わないのか？」

「いえ……あの……」

普段の揶揄とは違い、その口ぶりには怒気すら感じさせる。

機嫌が悪いのを察した身体が、反射的にベンチから立ち上がろうとした。

だが、それを亮治の厳しい口調が止めてくる。

「時間があるなら、座っていろ」

「っ！」

章人は戸惑いを隠せないまま、浮かしかけた腰を再び落ち着ける。

亮治も隣に腰を下ろすから、章人の身体に緊張が走った。

この二週間で、初めての二人きりだ。

しかし、せっかくの二人きりの時間は、緊迫感に包まれていた。

ぴりぴりとした彼の苛立《いらだ》ちが、着ている白衣の上からも伝わってくる。

章人が身を強張らせていると、亮治が不機嫌を隠さない声を向けてきた。

「最近、俺のことを避けているよな」

問いかけではなく断言してくる。いくらなんでも、彼だっておかしいと思ったのだろう。それを知った章人の身体がびくっと震えるから、意図せず彼の言葉を肯定してしまう。

するると、亮治がさらに声を低くする。

「理由を教えろ」

地を這うような声音が恐ろしい。咄嗟《とっさ》に口からこぼれたのは、謝罪だった。

「……すみ、ません」

たった一言、謝罪を向けただけで言葉が止まる。

息を殺したままで待つ章人に、亮治の怒気が放たれた。

「俺が欲しいのは、理由だ！　謝罪など求めていない！」

「っ……!!」

再び身体が跳ねて、心臓が竦《すく》み上がる。

こんなにも、亮治の言葉が怖いと思ったのは初めてだ。

言葉を失《な》くしたままでいれば、彼は地を這うような声音で問いを重ねてくる。

「俺に、飽きたのか？」

「ちが……っ」

ようやく出た否定の言葉と共に、身体を彼へと向ける。

途端に腕を摑まれて、亮治の口づけが章人を襲った。

「んっ！」

ぶつかるという方が正確なキスは、すぐに舌が入り込んできて口腔を荒らしてゆく。

戸惑う舌が強く吸われて引きずり出され、喉《のど》の奥まで触れるように深く口づけてくる。

溢《あふ》れた唾液《だえき》で、口元がしとどに濡《ぬ》れる。それにも構わず、彼の手が章人の下肢へと伸びた。

「ッ——!?」

すぐにスラックスのファスナーが下ろされて、指が下着の中へと忍んでくる。直接肌に触れてくるから、章人は慌てた。

雨空とはいえ昼間の、人が来るかもしれない場所で、及ぶべき行為ではない。

亮治の身体を強く押し返してキスを離れると、下肢の手をすぐに摑んだ。

「なに、してるんですか……っ!!」

咎める口調で言うが、摑んだ手はスラックスの中から出て行かない。

必死に抵抗してみるも、巧みに指を動かされて、敏感な部分がなぞられる。

「くっ……」

軽く喉を反らせて呻《うめ》けば、亮治の舌が章人の喉仏をくすぐった。

「俺を避ける、お前が悪い」

だから甘受しろ、とでも言いたげな言葉に贖罪《しょくざい》はあるが、行為を受け入れるわけにはいかない。

「やめて、ください！」

震える声で請うが、亮治が指を止めることはなかった。差し込んだ指だけで、陰茎を上下にこすってくる。

意思に反して快楽が高まっていく章人は、彼の綺麗《きれい》な手に爪《つめ》を立てた。

爪が皮膚に食い込んでも、亮治が手を止めてくれることはない。

それどころか、隣に座っていた身体を章人の前方へと移動させて、前から抱き締めるように口づけてくる。

先ほどみたいな激しいものではないが、強引さは変わらない。

逃れようと頭を振る章人の後頭部が掴まれ、キスが深くされる。

それでも尚、抗《あらが》いをやめないでいると、すっかり勃《た》ち上がった陰茎が下着の中から取り出され、強めに握られた。

「んっ」

章人が軽い痛みを吐けば、亮治の熱い吐息が耳元をかすめる。

「後ろを向いて、腰を上げろ」

それがなにを意味するかわかって、拒絶を示すように首を振った。

「だ、駄目です！　こんなところで……っ！」

「無理かどうかは、やってみないとわからないだろう？」

亮治の手が章人の腕を掴んで、身体を反転させてしまう。

ベンチの背もたれに手をつかされて、腰を突き出すように上げさせられた。

「やめてください！　仕事中ですよっ！」

彼の本気を防ぐため、お互いに譲れない部分を切り札として出す。それには、さすがに亮治も動きを止めた。

だが、ホッとしたのも束《つか》の間《ま》。

亮治は章人のスラックスへと手をかけて、言った。

「中には、挿《い》れないでおいてやる」

え？　と、驚きの声を上げる暇もなく、章人のスラックスを膝《ひざ》まで下ろしてしまう。

背後でファスナーを下げる音がしたかと思うと、熱い肉棒が股《また》を割って入ってきた。

下肢に目をやれば、自身の陰茎の下から赤黒い亀頭《きとう》が覗く。まるで腹を空《す》かせた一個の生き物のように、先端から涎《よだれ》を垂らしていた。

「な……なに、して……」

「素股で、許してやると言ってるんだ」

そう言うなり、彼は章人の股を閉じさせるように骨盤を摑んで、腰を前後に振ってきた。

「っ……く……っ」

亮治の熱いペニスが、章人の局部を刺激してくる。

陰嚢《いんのう》と陰茎が亮治のものにこすられると、快楽で目の前がくらりとした。

我を忘れて喘《あえ》ぎそうになり、ぐっと奥歯を嚙《か》む。

(絶対に、嫌だ……っ)

キスだけならまだしも、院内で性行為に及ぶのは、さすがに行き過ぎだ。素股だから大丈夫、などとは、とても思えない。

ここで快楽に堕《お》ちれば、彼の行為を許したことになりそうで、章人は声を耐える。

しかし、愛しい人から触れられれば、心や身体が悦《よろこ》ぶのも止められない。

前回一緒に過ごした際は、緊急でお預けを食らったし、最後に彼と繫がってからは大分経つ。

いけないと頭ではわかっていても、身体は素直に反応した。

「気持ちいいみたいだな」

先端から雫《しずく》を滴らせた章人の陰茎に、亮治の指が絡む。

根元から先端まで、形をなぞるように這う。それだけで溢れ出てくる汁を指にすくい取り、章人の口腔へと運ばれた。

「美味いだろう?」

舌に指をこすりつけて、味を教えてくる。

精液など舐《な》めても、美味いことはない。

「はや、く」

それよりも、早く終わらせてくれと言えば、亮治は口の中から指を引き抜く。

そして、濡れたそれをおもむろに背後へとやり、章人の秘処へと埋めた。

「ああっ」

これまで必死に耐えてきた嬌声《きょうせい》が、唇をついて出る。

それと同時に、章人の陰茎が熱い汁を吐き出した。

遅れて亮治も射精すると、尻の中心に埋まった指がゆっくりと引き抜かれる。

体内から異物が去った章人は、その場に崩れ落ちるように座り込んだ。

射精後の放心状態で宙を見つめる章人に、亮治が声をかけてくる。

「これに懲りたら、逃げるな」

「こんなの……ひどい……」

「お互い様だろう」

恨み言を吐くが、亮治に淡々と返されて黙るしかなかった。

理由も言わず避けていた自分が悪いのは確かだ。でも、だからといって、この仕打ちはない。

項垂れる章人に、彼も多少は反省しているのか、声を少しだけ抑えて訊ねてくる。

「理由はなんだ？」

しかし、それに応えようとは思えなかった。

言葉ではなく、身体でいうことを聞かせようなんて許せない。それに対し、反応した自分もまた許せない。章人にも、男のプライドがある。

口を閉ざしたままでいると、埒《らち》が明かないと踏んだのか、亮治が深く息をついた。

「早めに戻っておけ」

それだけを言い残して、彼はひと足先に屋上を後にした。

その場に座り込んだまま動かない章人の頭上から、ぽつりと雫が落ちてくる。

空を見上げると、針のような雨が落ちてきた。

このままではいけない、と思うのに、身体が動かない。

雨粒は、次第に大きく強くなっていく。

二人が放った精液が洗われる。

その様子を眺めながら、章人は自身の不甲斐《ふがい》なさに唇を噛んだ。

6

「おはようございます」

挨拶の声を聞いた同僚たちが、ぎょっとした顔で章人へと視線を向ける。

「結衣先生、なにその声」

「風邪、引いたみたいです」

昨日、雨に打たれたのが悪かった。朝起きたときには、声がかすれていた。

（寝不足な上に、下半身出したままだったからな……）

医者の不養生とはいうが、今回は完全に自分の落ち度だとわかっているから、反省も深い。

「大丈夫ですか？」

「熱は？」

「大したことないので、大丈夫です」

心配してくれる同僚に答えるが、七度一分という微熱のわりには身体がだるい。深刻な状況になる前に、早めに服薬しておいた方がいいかもしれない。

章人は朝一番ではじまる手術のため、着替えを終えると足早に手術室へと向かった。

六時間の予定で入っていた手術が終わったのは、三時間も長い十七時近くのことだ。

もう一本入っていた定例は他の者に代わってもらったが、人手はぎりぎりだ。

「今日は寒いから、脳外と心臓外科は大忙しだな」

どうやら北から寒波が入ってきているらしく、今日は冷え込んでいる。

そのせいで心臓や脳に負担がかかり、緊急搬送されてくる患者が多い。

次から次へと入ってくる急患に、麻酔科はフル稼働だった。ようやく落ち着いたときには二十一時を回っていて、気づけば昼食もとれていないし、薬も飲めていなかった。

「まずい……気持ち悪い」

低温に保たれている手術室が、身体を余計に冷えさせたようだ。

今朝には気だるい程度だった身体が、途中から関節がぎしぎしと痛み出し、今はもう頭が割れそうに痛い。おそらく熱が上がったのだろう。

「薬、飲まないと」

仕事が落ち着いてきたとはいえ、同僚のほとんどはまだ手術室だ。

これから急患が運ばれてくるとも限らないし、今のうちに回復を図っておくべきだろう。

重い身体を起こして医師控室を出ようとすれば、こんなときにタイミング悪く亮治と出くわした。

彼は章人の顔を見た途端に、険しく眉をしかめた。

「体調が悪いのか？」

鏡を見ていないのでわからないが、先ほどから顔がとても熱い。

それを見てとった亮治は、昨日の怒りなど一切感じさせない口調で、慌てて言ってくる。

「昨日、まさか雨に打たれたのか？」

額に手を宛《あて》がい、熱を確かめてくれる。

だが、その手がなぜか嬉しくは思えず、邪険にしてしまった。

「今から、もらいに行くところです」

身体が言うことを効かないのが、つらい。力が上手く入らなくて、もどかしくて、つい亮治にあたってしまう。

「構わないでください！」

他の者には、絶対こんな風には言わない。いけないとわかっていても口をついて出てしまうのだから、おそらく彼に甘えているのだろう。

このつらさを、亮治ならばわかってくれる。

そんな甘えが自分自身でもわかって辟易してくるのに、口は止まらなかった。

「あなたには、他に行くところがあるんでしょう！」

「なんの話だ？」

思わず飛び出した言葉には、この二週間、章人が抱えてきた不安や不満が詰まっていた。

いくら貴子に嫉妬しているとはいえ、被害妄想も甚だしい。

正常な状態ならば、頭の隅で叱咤《しった》する声がするだろう。いや、むしろ言わない。

しかし、熱に侵された脳が、正しい判断を鈍らせた。

「俺には、なにも言ってくれないくせに……っ」

「章人？」

「なんで、なにも教えてくれないんですかっ」

感情に任せて言えば、亮治は怪訝《けげん》な表情を浮かべてくる。

「いったい、なんの話をしているんだ？」

彼にとっては、突然の言いがかりでしかない。きちんと気づいているし、亮治の訝《いぶか》る顔も見えているのに、明らかに考える力が欠如していた。

「お見合い、するんですか？」

「見合い？　誰の話だ？」

「あなたしかいないでしょう！」

それに対して呆れた様子で、亮治が溜息をつく。

「お前がいるのに、見合いなんてするわけないだろう」

「だったら……っ、なぜですか⁉」

自分の声が、頭に響いてがんがんする。

息も大分上がってきて、口から吐き出される呼吸がうるさい。

さすがに亮治も心配になったのだろう。彼は、章人の腕に手をかけた。

「今は、薬を飲んで少し休め」

だが、それが逃げる口実に感じられて、章人は彼の手を振り払った。

「そうやって、誤魔化すつもりですか⁉」

手を振り払った拍子によろける身体を、亮治が咄嗟に支えてくれる。

それが嫌で、再び離れようとする章人に、彼は語気を強くした。

「わかるように説明してくれ！　見合いとは、なんの話だ⁉」

宥《なだ》めるのを諦めたらしく訊ねてくるから、章人はずっと言えなかった言葉を、この機に吐き出した。

「勤務時間のはずなのに、久保寺さんのお孫さんと、会っていたじゃないですか！」

「あ……」

亮治も思い当たったらしく、短く声を発して眉間を寄せる。

「いや、あれは……」

彼らしくなく言いよどむから、そこに後ろめたいものがあるのを感じ取って、章人は言い放った。

「俺は、あの日あなたが休みだったなんて、聞いていない！」

「違う！　休みを取ったんじゃない！　早退をもらっただけだ！」

「それだって、同じじゃないですか！」

黙っていたことには変わりがない。そう言外に含めると、彼は納得したように呼気をついた。

「そうか……あれを見られていたのか」

失敗した、と書いた顔で、彼は肩を落とす。

やはり見られてはまずかったのだと気づいて、嫉妬を覚えた。

そんな章人に、亮治が詫びてくる。

「悪かった。だが、彼女とは、なにも疾《やま》しいことはない」

「だったら、なぜ俺に黙って会っていたのか、教えてください！」

面倒くさい奴《やつ》だと、女々しい奴だと言われないか、考える余裕もない。

章人の切実な願いに、しかし、彼はそれを拒んだ。

「俺にも、事情がある」

「っ……!!」

説明は出来ないという彼に、章人は驚く。

訊ねれば、きっと答えてくれると思っていたから、彼の返答は予想外だった。

それが、章人の嫉妬を駆り立てた。

「心変わりしたなら、そう言えばいいじゃないですか……っ！」

「違うと言っているだろう！　俺には、お前しかいない！」

はっきりと言い切った亮治の言葉に、章人は熱のせいだけではない潤んだ瞳《ひとみ》で見つめた。

「だったら、教えてください」

章人の願いに、亮治が葛藤するのが見て取れた。

でも、この期に及んでも彼がはっきりと答えようとしないから、返事を待たずに章人は彼の手を再度振り払った。

「もう、いいです」

その場を離れようとすれば、亮治の手が三度腕を摑んでくる。

「待て……っ、わかった！　きちんと説明を――」

する。という語尾は、躊躇いがちに顔を覗かせた看護師によって止められた。

「あの……お取込み中すみません。真岡先生、結衣先生、緊急が入ったんですけど」

手に持った紙を控えめに見せてくる看護師に、亮治は一つ息をついた。

「結衣先生は体調が悪い。他の先生は？」

「麻酔も救命も、今日は手一杯です」

そう言って、看護師が患者の症状を説明してくる。

「五十代男性、風呂《ふろ》に入ろうとして倒れ、意識低下。心タンポナーデの疑いがあります」

症状を聞いた途端、それまでは正常な判断も出来ずにいた章人の思考が、急激に働き出すのがわかった。

「やります！　入室はいつですか？」

「五分後には、到着します」

仕事となれば、熱も忘れて頭も身体も一気にフル回転する。

急いで指定された手術室へ向かう章人に、亮治が声をかけてきた。

「続きは後で」

いいな？　と、確認してくる彼に、章人は頷きを返した。

急いで手術着に着替えて、麻酔の準備に取り掛かる。毎日使うものだが丁寧に確認して、準備が整ったところに患者が入って来た。

CT撮影をしたところ、心タンポナーデで間違いないと診断が出た。

一気に慌ただしくなる手術室内で、患者に麻酔処置を施す。

血圧は低く、繋いだときから測定不能の音が鳴りっぱなしだ。

亮治と、さらに二人の外科医が入室したのを見て、章人は彼らに声をかける。

「はじめてください」

「よろしくお願いします」

亮治たちは早口に挨拶を済ませ、すぐに開胸手術がはじまった。

「ストライカー」

救命でも充分やれる手際のよさで、彼らは胸を一息に開けると溜《た》まった血を抜いていく。

亮治をはじめとする外科医たちは、状況を口にしながら適切な処置を施す。

手術時間は三時間に及んだが、患者は無事に助かった。

患者が運び出されて、ホッと息をつく。

途端に、章人の身体が重くなり、目の前が暗くなった。

「章人！」

亮治の声と、なにかに支えられたのを感じたのを最後に、章人の意識が遠のいた。


ふと、気がついて目を開けると、白い天井が目に入る。

ぼんやりと壁に目を移せば、そこは見知った麻酔科控室だった。

「気づいたか？」

声のした方へ視線を向けると、そこには亮治がいた。

「真岡先生？」

章人が、おぼつかない口調で名前を呟く。すると亮治は、苦笑ともつかない、小さな笑みを浮かべた。

「手術室で倒れたのを、覚えてるか？」

「倒れた……？」

まったく覚えていない。

覚えているのは、心タンポナーデの患者が助かった、というところまでだ。

「熱が高くて、倒れたんだ」

亮治の説明で、腕に繋がれている点滴チューブに納得する。

時計に目をやれば、三時になろうとしていた。

（もう、こんな時間……）

身を起こそうとすると、亮治が支えてくれる。

「大丈夫か？」

「ええ、大分楽になりました」

ブドウ糖液の中に、おそらく解熱剤も入っていたのだろう。頭の痛みが、すっかり取れている。

「すみません。ご迷惑をかけました」

章人は頭を下げて礼を言うが、その下げた頭を戻すことは出来なかった。

熱で浮かされていたので、なにを言ったか正確には覚えていないが、彼に嫉妬をぶつけたのは忘れていない。頭から痛みがとれた今、急激に申し訳なさが湧いてきた。

「どうした？」

いつまでも頭を上げない章人に、亮治がやわらかい声音で声をかけてくれる。

髪をいじってくる彼の指が優しくて、変わらず触れてくれるのが嬉しくて、章人は頭を上げないまま謝罪を向けた。

「すみません……すみませんでした」

なにに対しての謝罪かは、言わなくても彼には伝わったみたいだ。

亮治は指に絡めた髪を軽く引いて、章人に頭を上げるよう促してくる。

「顔を見せてくれないか？」

言われるまま顔を上げれば、彼の表情には複雑な心境の笑みが浮かんでいた。

「悪かったな、不安にさせて」

「っ……」

「だが、見合いなんてしない。貴子さんとも、本当になにもない」

彼がなにもないというのだから、本当になにもなかったのだろう。先ほどは、正しく判断出来なかったが、今ならば理解出来る。

たった一言否定してもらえるだけで、後は事情がどうでも構わなかった。

「はい」

章人は素直に頷く。

しかし、亮治は意を決したように、再び口を開いた。

「部屋を……頼みに行っていた」

「部屋を、頼む？」

意味かわからなくて問い返せば、亮治が深い溜息をついた。

「病院から徒歩十分圏内で、部屋を探していた。貴子さんと話をしたときに、たまたま地元の不動産屋を知っていると言われて紹介してもらい、後日、いい物件があったので決めた」

彼の話によると、先方と彼女と亮治の都合の合う日が、日曜日しかなかったという。

場合によっては勤務時間が延びる外科医に、二人の都合を合わせてもらうわけにはいかなかったのだろう。

「お前の誕生日に、合わせたかった」

「俺の？」

「驚かせたかったんだ」

だから急いでいた、という彼は、貴子と会っていた理由を詳しく教えてくれた。

「インテリアコーディネーターの仕事をしている彼女が、ついでに内装を手掛けてくれると申し出てくれた。どうせなら、住み心地いい方がいいだろうと思い、お願いしている」

「そう、だったんですか」

どうやら、すべて章人の誤解だったようだ。嫉妬した自分が、途端に恥ずかしくなった。

「事情も知らずに俺……っ、すごく失礼なことを言いました！　すみませんでした！」

「いや、隠していた俺が悪い」

何度も謝罪を向ける章人に、亮治もまた、自身に否があると言ってくれる。

本当は誕生日まで隠しておきたかっただろう亮治が、正直に話をしてくれたのだ。章人も、今度こそ本音を伝えるため唇を開いた。

「久保寺さんが、真岡先生と貴子さんの見合いを望んでいるのを知ったんです。そんな中、勤務中のはずのあなたが貴子さんと会っているのを見かけた」

病院とのしがらみや、貴子の美貌《びぼう》や、男同士の付き合いであること。伝えにくいことや隠しておきたい思いも、すべて話した。

色々と考える内に不安になり、亮治に会うのを避けた。しまいには、癇癪《かんしゃく》を起した子供みたいに腹立たしさをぶつけてしまった。

「俺は、貴子さんに嫉妬したんです……っ」

言葉にすると、余計に情けなくて恥ずかしくて、居たたまれない。視線を合わせていられず俯《うつむ》いてしまうが、すべて事実だ。

「真岡先生の気持ちを、きちんと考えなかった！」

なにもかも曝《さら》け出すと、亮治が小さく笑みをこぼす。

「それなら、お互い様だ」

彼の手が顎《あご》にかかり、伏せてしまった顔を上げるよう促してくる。

しっかり視線が合うと、亮治は瞳に少しの躊躇いを見せながら言った。

「いつだって、患者が優先されるのは、納得している」

だから、呼び出されれば引き止められないし、時間が空いても忙しいのでは、と考えて電話も出来ない。相手を思えばこそだが、それでも感情は別物だと言う。

「仕事に向かう章人を、引き止めたい。けれど、同じ医師として男として、呆れられたくない。込み上げてくる衝動を必死に殺して、平気な顔をした……。俺は、物わかりのいい男を演じていただけだ」

彼もまた、同じ思いでいてくれた。

胸に淡い喜びを覚える章人とは違い、彼はこれまでの躊躇いを一切捨てて、語気を強めた。

「だから、俺は強行策を取ることにした」

「強行策？」

「そこに、お前の反論は考慮していない」

「どういう意味です？」

怪訝に眉を顰《ひそ》めて問う章人の前で、亮治が、おもむろに片膝を折った。

そして、驚く章人の手を取り、告げてくる。

「俺と、一緒に暮らしてくれ」

射抜かれそうほど、まっすぐな視線で見上げてくる。

突然の申し出に、章人の頭の中は一瞬で真っ白になった。

すぐには反応出来なかったが、胸の奥からじわじわと歓喜が湧き起こってくる。

（一緒に……暮らす？）

そんなことが、可能なのだろうか？

彼の言葉を何度も反芻しながら、震える声で訊ねた。

「俺、と？」

結婚してくれと言われたわけではない。将来を約束したわけでもない。

それでも、亮治の申し出が嬉しくて、とても嬉しくて——。全身が、喜びで震えた。

「本当に、いいんですか？」

信じられない思いで確認すると、取られた手に力をこめられる。

「反論は考慮していないと、言ったはずだ」

強気な言葉のわりには、優しい瞳をくれる。

章人は目頭が熱くなるのを感じながら、その手を握り返した。

「よろしくお願いします」

はっきりと頷きを返せば、亮治が安堵した表情で笑ってくれる。

彼の笑顔に釣られるように笑むと、目元に溜まった雫が、章人の頬をそっと伝い落ちた。


熱でかいた汗を洗い流すべく、軽くシャワーを浴びてから章人は仕事に戻ろうとしたが、医局長から帰っていいと言われた。

意識を失っていた間に仕事は落ち着いたようで、同僚たちもすでに休んでいるという。

『今日は休日だろう。ゆっくり身体を休めて』

そう言われて、久しぶりに亮治との休みだった、と思い出す。

そのまま亮治と共に彼の部屋へ辿《たど》り着いたのは、六時前のことだ。

促されるまま熱を測ってみたら、三十七度まで下がっている。身体も大分軽くて、意識もはっきりしている。

「よかったな」

念のため休んでおけ、とベッドへ促されたが、章人は眠るのを躊躇った。

せっかく亮治と過ごせるというのに、時間を無駄にはしたくない。

(誘ったら、嫌がられるかな)

以前、積極的に彼に口づけて拒まれた記憶が、まだ鮮明に残っている。

また拒まれたら、と思うと自分から動くに動けない。けれど、諦めて眠るのも嫌だ。

章人の葛藤に気づいているのか、どこか含みのある声で問いかけてくる。

「どうした？　眠らないのか？」

視線を向けると、彼は意地悪な笑みを浮かべている。

乗せられている気がしないではないが、ここで言わないのは勿体《もったい》ない気がした。

「あの……身体は、もう大丈夫なので……」

それでもはっきりと言えずにいる章人に、亮治が苦笑する。

「だったら、前のように誘ってくれないか？」

「ですが……」

章人が言いよどむと、彼は困った具合に眉根を寄せた。

「あのときは、断るしかなかった」

「どうしてです？」

「キスだけでは、とても治まりそうになかったからだ」

恥ずかしそうに視線を外しながらも、そのときの心情を教えてくれる。

「ずっと、お預けを食らっていたんだぞ。章人の方から求められて、キスだけで我慢出来るわけないだろう」

「触れてくれて、よかったのに」

むしろ、そうして欲しくて自ら口づけた。

だが、視線を戻した彼の瞳には、不満が見て取れた。

「仕事が、残っていると言っていただろう。後に、響かせるわけにいかない」

では、迫られて嫌だったわけではないのだろうか？

言葉もなく見つめていると、彼は口ごもるように言った。

「それに、男のプライドくらい、保っておきたい」

「男の、プライド？」

「……がっつくなんて、子供みたいだろう」

いい年をした男が、みっともない。

言外にそんな言葉が窺えたが、章人は彼の首に腕を絡みつかせると、唇を寄せた。

「俺だって、がっつくときがあるんです」

いつかの行為を真似《まね》るように口づけ、舌を差し込めば、今度こそ亮治の手が腰へと回される。

身体の隙間《すきま》がなくなるほど密着させて、お互いの唇を貪《むさぼ》り合う。

舌を搦《から》めては吸い、甘噛みして、喉まで触れそうなほど奥へと差し込む。

唾液で口元がしとどに濡れ、下肢に熱が集中していく。

そこを彼のものに押し付ければ、亮治もまた昂ったものをこすり合わせてくる。

どちらともなく服を脱がしはじめて、お互いを裸体に剝《む》いていく。

すべて服をはぎ取ると、章人は亮治の身体をベッドへと押し倒した。

「上で、大丈夫なのか？」

不慣れな上に、つい数時間前、熱で倒れた身体だ。無理をするな、と心配してくれる。

確かに、すっかり元通りとは言わないし、まだ気だるさは残っているが、今は自ら亮治を高めたい気分だ。

安心させるように頷き、彼の身体に口づけを落としていく。

鎖骨のくぼみに舌を這わせて、胸板へと続く筋肉に沿って唇を下ろす。普段、彼がしてくれるように、胸の飾りを口に含み舌で転がす。だが、頭上から苦笑をこぼされた。

「そこは、あまり感じないかな」

どうやら、章人自身が感じるような快感は覚えないらしい。

申し訳ないと言いたげな手つきで頭を撫《な》でてくる彼に頷いて、再び唇を下ろしてゆく。

嫌味にならない程度に、六つに割れた腹筋をなぞり、舌先で陰毛をかすめる。

下腹に唇を落としたときから、亮治のものが章人の顎に触れてきていた。先端からは汁が溢れていて、顎下を濡らす。

それを舐めとるように狭い穴へ舌を這わせれば、待ち侘《わ》びたとばかりに汁が溢れ出す。

頭に添えられた手が、もっと、と言わんばかりに力を加えてきた、

そんな彼の希望に応じるべく、章人は唇を開き、頭を沈める。

太い亀頭から、徐々に竿《さお》を呑みこんでいき、一気に根本まで咥《くわ》え込む。

喉の奥が圧迫されて苦しいが、気持ちよさそうな吐息が彼の唇からこぼれると、苦しさよりも喜びが勝る。

裏筋に舌を宛がいながら、先端へと向けて舐め上げれば、口の中には途端に彼の味が広がった。

感じてくれているのだと知り、頭を上下させて、さらに亮治のものを高める。唇に含んだときから、しっかりした硬さをもっていたそこは、章人が少し愛撫《あいぶ》しただけでパンパンに膨れ上がった。

「章人、お前のも寄越せ」

快楽を含んだ声が誘ってくるから、章人は言われるままに体勢を上下に入れ替えた。彼の顔を跨ぐようにして、再び男根に頭を落とせば、章人の陰茎も熱い舌に包まれた。

「んっ」

咥えられた途端に喉が震えて、甘い吐息がこぼれ出る。

すると、亮治の唇がむしゃぶりつくように吸いついてきた。

思わず腰が跳ね上がりそうになったが、許さないとばかりに両手で押さえ込まれる。

そのまま尻へと手を這わされて、双丘の奥にある蕾《つぼみ》へと指が触れた。

触れただけで、与えられる快楽を思い出し、期待で穴が収縮する。それが自身でもわかって恥ずかしかったが、タイミングを計るように指が入り込んでくると、羞恥《しゅうち》心も忘れて喘いだ。

「ああ……っ」

男根を離れて声を上げれば、ますます彼の愛撫が激しくなった。

陰茎を強めに吸われて、体内に埋められた指が、襞《ひだ》をほぐそうと動き回る。

一本だった指が、二本、三本と増やされるのに時間はかからなかった。

押し潰すように襞に触れたかと思えば、章人の敏感な部分を、狙《ねら》い澄ましたように押してくる。

「駄目……駄目ですっ、イちゃう……っ」

「一度、イっておけ」

拒否を吐くが、許してはもらえない。それどころか、先にイけと促される。

だから、章人も忍耐をフルに駆使して伝えた。

「嫌、ですっ……今は、一緒がいい！」

今日ばかりは、この喜びと共に、亮治と一緒に達したい。

その思いが伝わったかどうか定かではないが、下肢から指が引き抜かれる。

再び体勢が入れ替えられ、正面から抱き合う形で両足が抱え込まれた。

「性質が悪すぎるぞ」

どこか切羽詰まった様子で言われたかと思うと、彼の太いものが身体の中心を貫いてきた。

「ああ――っ！」

男根がずぷずぷと入り込んできて、奥へ達した途端に、激しく揺さぶられる。

久しぶりの行為だし、さほど慣らされていない秘処には少々きつかったけれど、それでも身体はすぐに悦びを生んだ。

「章人、章人……っ」

名前を呼び、腰を必死に振ってくる彼は、まるでセックスを覚えたての子供のようだ。がっついたらみっともない、と言っていた気持ちがよくわかる。

だが、普段の冷静さを忘れて求められるのは、章人にとっても嬉しい。

「好き……好きです、亮治さん」

広い背にしがみつくようにして想いを訴えれば、亮治は口づけを落としながら応えてくれる。

「俺も、好きだ……っ愛してる」

何度も想いを口にし、キスを繰り返す。

そうして、お互いの限界を言葉や口づけから感じ取り、二人は高みを目指した。

「も、イく……っ」

「ああ、俺も」

章人が訴えれば、亮治もまた語尾を詰まらせるように返してくる。

もう耐えられない、とばかりに亮治に爪を立てれば、どちらからともなく精を吐き出した。

「っ……！」

射精の解放感と共に、腹の中に熱いものが放たれる。

その熱に悦びと幸せを感じつつ、息を詰まらせ打ち震えた。

室内には、二人分の荒い息遣いと、青臭い匂《にお》いが漂う。

しばらく快楽の余韻に浸っていると、首元に埋まった亮治から小さな笑みがこぼれた。

「本当、ガキみたいだな」

照れを含んだ彼の笑い声に、章人もまた笑みをこぼす。

すると、亮治がゆっくりと顔を上げて告げてくる。

「章人といると、俺はガキくさくなる」

「そうですか？」

章人にしてみれば、亮治はいつも冷静で羨《うらや》ましいくらいだ。しかし、本人にとってはそうではないらしい。

「誕生日に驚かせたいと思ったり、冷静さを失って襲ったり、外聞もなく人前で大声を出すなんて、めったにしたことがない。こんな思いは、ガキの頃ですら覚えがない」

それだけ真剣に接してくれているのだと感じられて、章人にとっては嬉しい限りだ。

「俺は、そんな亮治さんも好きです」

首を伸ばして唇を重ねれば、亮治が困った具合に眉尻を下げながらも頷く。

「ああ、俺も悪くないと思っている」

彼の返事に、章人は声を立てて笑った。

愛しげに目を細める彼が、唇を寄せてくるから瞼《まぶた》を閉じる。

「さしあたり、休み明けの勤務を覚悟しておこう」

なんの話かわからないけれど、今は彼と過ごせる時間を堪能《たんのう》したい。

再び高められてゆく身体に、章人はゆっくりと意識を落としていった。

目覚めたそのあとで

1

秋晴れが清々しい、休日明けの朝。

結衣章人《ゆいあきと》は、隣に並ぶ恋人の真岡 亮治《まおかりょうじ》へと視線をやった。

『俺と、一緒に暮らしてくれ』

まるでプロポーズみたいな言葉を向けられたのは、まだ昨日のことだ。

思い出すだけで顔が火照《ほて》る。

(早ければ、来月には一緒に暮らすんだな)

付き合って半年で同棲なんて少し早い気もするが、今よりも、彼と会う時間が増えるのだと思えば躊躇《ちゅうちょ》はない。

大事なことを迷いもなく決めてしまうなんて、こと、恋愛においては初めてだ。

よく、『恋愛は頭でするものではない』と言われるが、彼を好きになって改めて納得した。

亮治といると、普段の冷静さをどこかへ置き忘れてきたみたいな衝動に駆られる。

そのせいで、今回のような醜態を晒《さら》すはめにもなったわけだが……。決して悪いことではない、と感じている。

感情を曝《さら》け出したおかげで、彼との距離感が縮まった気がしているからだ。嬉《うれ》しくて、頬《ほお》にほんのりと熱が帯びる。すると、亮治から微笑がこぼれた。

「どうした？　顔が赤いぞ？」

揶揄《やゆ》を含んだ声音に問いかけられ、章人は慌てて視線を外す。

「き、気のせいです」

否定するものの、顔はさらに熱くなる。耳まで熱い顔を隠すようにそっぽを向くが、亮治はその様子を楽しむみたいにさらに訊《たず》ねてくる。

「二人で出勤するのは、それほど恥ずかしいか？」

「いえ……まぁ」

顔が赤くなった理由は違うが、正直に言うのも躊躇《ためら》われる。それに、彼の問いかけもあながち間違いではない。

いくら恋人とはいえ男同士で、しかも同僚だ。出勤の時間をずらすべきではないか？

章人はそう提案したが、拒まれた。

触れ回るつもりはないが、そこまで気遣う必要もない。と、彼は言う。

なぜ、亮治がそこまで堂々としていられるのか、不思議なくらいだ。

「真岡先生は、平気なんですか？」

「なにが？」

「人の噂《うわさ》とか……そういうの、です」

男同士の恋愛を知られたときの、批判や弊害を暗に含める。

しかし、章人の心配とは裏腹に、亮治はあっさりしたものだ。

「気にしている余裕などない」

「なぜです？」

言い切る自信はどこから来るのだろう。気になって問えば、簡潔な答えが返ってきた。

「章人と患者のことを考えるので、忙しい」

「な……!!」

驚きとも羞恥《しゅうち》ともつかない思いで、言葉を失う。

朝から、なんて心臓に悪いことを言うのだろう。

（お、俺だって、真岡先生と患者のことで頭はいっぱいだけどっ……！）

再び熱くなってしまった頬を冷ますため手で煽《あお》げば、隣から笑い声が漏《も》れた。

赤い顔を見られたくなくて視線は向けられなかったが、愛しげに目を細める亮治が想像出来る。だからこそ、嬉しくもあれば、照れくさくもあって、一層顔をそむけた。

だが、甘い雰囲気も、病院の建物が見えてくると切なさへと変わる。

またしばらく仕事に忙殺されて、亮治とゆっくり会うことも出来ない日々がやってくる。一瞬前まではとても幸せだったものだから、余計に寂しい。

章人がそっと睫毛《まつげ》を伏せれば、まるで心を読んだみたいな言葉が傍らで紡がれた。

「離れたくない」

心臓が、どきりと音を立てて跳ね上がる。

驚いて亮治へ視線を向ければ、切ない瞳が見つめてきた。

「早く、一緒に暮らせるといいな」

一日も早く、一分でも、一秒でも多く、彼と共に過ごしたい。

言葉にしてくれる亮治の想いに応えるべく、章人も素直な気持ちを伝えた。

「真岡先生との時間が、もっと欲しい」

章人が想いを口にすると、亮治に瞳にさらなる熱がこもるのを見た気がした。

「人目がなければ、キスしているところだ」

「俺も、したかった」

せめて男女のカップルであったなら、キスとまでは言わなくとも、手くらいは握れただろうか。

容易に触れることすら出来なくて寂しい思いでいると、亮治の手が章人の髪を優しく梳《す》いた。

「真岡先生!?」

病院はすぐそこで、ここは誰に見られるともしれない公道だ。彼は気にしないというが、やはり人目はどうしても気になる。

きょろきょろと辺りに視線を走らせる章人を、亮治が笑う。

「キスはしないから、安心しろ」

「あ、当たり前です！」

真っ赤な顔で肯定すれば、彼はくすりと笑みをこぼして言った。

「そんなことでは、今日一日大変だな」

「どういう意味ですか？」

首を傾げて問うが、亮治は面白がるように口の端をにやりと吊《つ》り上げる。

「楽しい一日になりそうだ」

「？」

理由を答えてもらえないまま、章人は亮治と共に通用口を通った。

2

（やっぱり、おかしい）

手術前の医師控室で、章人は遅い昼食のカップ麺《めん》を、控えめに啜《すす》りながら唸《うな》った。

はじめに違和感を覚えたのは、着替え前に麻酔科控室へ寄ったときだ。

朝の挨拶をすると、同僚たちの態度が妙にぎこちなかった。なにかあったのだろうか、と首を捻《ひね》りつつも、誰もなにも教えてくれない。

不可解さを感じつつ朝一番の手術に向かうと、更衣室でも手術室でも視線を強く感じた。

くるりと振り返れば、誰もが慌てて視線を外す。医師も看護師も、男も女も関係ない。スタッフというスタッフが、なぜか章人を見る。

休み前の仕事に、落ち度はなかったはずだ。受け持った患者の容体も安定していて、叱責も、気遣われる謂《いわ》れもない。

それなのに、なぜだろう。シンとした控室には、異様な緊張感が漂っている。

手術が入っていなければ、さっさと次の仕事へ移る外科医たちでさえ、動こうとしない。むしろ増えている。

落ち着いてカップ麺すら啜れなくて、思い切って顔を上げれば、一斉に視線を外された。彼らの態度は、ベタなコメディドラマを見ているようだ。

さすがに黙っていられなくて、章人は口を開いた。

「あの……俺、なにかしましたか？」

せっかく訊ねたというのに、だが、居合わせた外科医たちはこぞって誤魔化してくる。

「いやっ、全然っ、なにもないから！」

「本当！　なんでもない！　なんでもない！」

慌てているせいか顔を赤くして、あからさまな嘘をつく。そのくせ、誰ひとりとして出て行かない。

そこに、彼らの好奇心を感じ取らずにはいられない。

（なんなんだ、いったい！）

普段は怒りを覚えない性格の章人でも、この状況はいささか不愉快だ。

「……なんで、二回言うんですか」

「っ……!!」

声を低めて言えば、外科医たちが急いで席を立つ。

「あー俺、他に仕事があったんだ」

「そうだ、俺も」

「俺も」

彼らはそそくさと部屋を出て行き、結局控室には章人だけが残された。

「俺が、なにをしたっていうんだ」

好奇心を向けながらも、避けられる理由がさっぱりわからない。皆の反応が不愉快のような、不安のような複雑な気分だ。

もやもやする気持ちをぶつけるように、すっかり伸びてしまったカップ麺を、盛大に音を立てて啜る。

そこへドアが開くから、また誰か様子を窺《うかが》いに来たのか⁉ と、眉間《みけん》にぐっと皺《しわ》を寄せるが、濃緑色の手術着姿で入って来た人物に、一気に安堵《あんど》へと変わった。

「真岡先生」

ホッと息をつき、眉間からも、肩からも力を抜く。今、唯一頼れる亮治と出会えたのは、本当に嬉しいし安心する。

それなのに、縋《すが》るような視線を向ける章人に、しかし亮治は揶揄を含んだ声を向けてきた。

「どうした？」

「どうした、って……真岡先生は、理由を知っているんでしょう⁉」

「まぁな」

向かいに腰を下ろした彼は短く肯定するが、それきり口を閉ざしてしまう。

二人きりの室内に、沈黙が落ちた。

だが、怪訝《けげん》な思いを隠せない章人とは違い、亮治の方はいたく上機嫌だ。膝の上に片肘《かたひじ》をつき、頭を預けて観察するような楽しげな視線を寄越す。

彼の表情や、意図的に隠す態度からも、決して悪い噂ではないのだろう。もしそうならば、亮治は必ず教えてくれる。

少なくとも、患者に関することではない。それがわかっただけでも多少落ち着けたが、安心が出来たわけではない。

「なんで、教えてくれないんですか？」

再び問うが、亮治は、眦《まなじり》を甘く垂らして見つめてくるばかりだ。

「教えてください」

こうなったら、なにがなんでも訊《き》き出してやる！

章人がわかりやすい不機嫌さを表情に浮かべたとき、タイミング悪く控室のドアが開いた。

亮治と共に視線を向けた章人の目は、普段と違ってきつかったはずだ。入って来ようとした外科の研修医が、ぴたりと足を止めて、慌てて頭を下げてきた。

「し……、失礼しました！」

そのまま走り去ってしまうから、章人は申し訳ない気持ちで反省を口にする。

「彼を睨《にら》んだわけじゃないのに……」

言外に亮治を睨むつもりだったと伝えるが、彼は歯牙にもかけない。

「いや、あれは別の理由で出て行ったんだ」

「ですから、その理由というのを教えてください！」

身を乗り出すようにして問うと、わずか思案した後に、にやりと笑う。

嫌な笑みに思わず身が引ける章人に対し、彼はありえない言葉を発した。

「俺たちの関係が、ばれている」

「…………は？」

なにを言っているのか、一瞬、章人の脳が彼の言葉を拒絶した。

だが、言葉が次第に浸透していくと、変わって湧《わ》き起ってきたのは、焦燥《しょうそう》とも恐怖ともつかない感情だ。

「な……な、なぜ？」

冷や汗が浮かび、背筋が冷えるのを感じつつも、出来得る冷静さを用いて訊ねる。

それだというのに、亮治は最高に楽しいと言わんばかりの笑みを返してきた。

「章人が、言ったからだ」

「お……俺⁉」

亮治との関係を暴露したことなど、一度もない。いったい、いつ口を滑らせたというのか。

思い出そうとしても、焦《あせ》りが募るばかりで、記憶はまったく蘇《よみがえ》ってこない。

（いつ⁉　いつ言った⁉　だって、言うわけがない……っ！）

思い出せないから余計に焦って、軽いパニックにすら陥《おちい》る。

そんな章人を見かねたのか、亮治がようやく助け船を出してくれた。

「熱で朦朧《もうろう》としていたから、注意が散漫だったんだろう」

「熱⁉」

では、休日に入る直前の話だ。

あの日は、寝不足に加えて熱が上がったから、確かに余計なことを口走ってもおかしくはない。事実、あれほど知られたくないと思っていた嫉妬《しっと》も、亮治にぶつけてしまった。

おかげで誤解は解けたが、自身の醜態などさっさと忘れてしまいたい。それなのに、そのとき、章人の中でなにかが引っかかった。

（あれ？　そういえば、あのときも、ここに居なかったか？）

控室を出ようとしたところで、亮治と出くわした。そこで章人が一方的に感情をぶつけ、口論になったはずだ。

あのとき、控室には誰がいた？

それまでの口論は、どうして止まった？

当日の出来事が徐々に思い出されてくると、章人の顔からサーッと血の気が引いていった。

誰がいたかまでは思い出せないが、誤魔化しが利かないことを言ったのは覚えている。

「嘘……俺……」

絶対に気をつけなくてはならないと考えていたのに、自ら人前でぶちまけてしまった。

取り返しのつかない失態に気づいて、章人に震えが走る。

「すみ、ません……俺、なんてことを……っ」

青ざめた顔を下げて、詫《わ》びを口にする。

今さら謝罪しても遅いのはわかっているが、それでも言わずにはおれない。

「本当に、すみ――」

もう一度謝罪を口にしかけたところで、亮治の指が言葉を止めるように唇へと宛《あて》がわれた。

「章人、俺を見ろ」

言われるまま怯《おび》えた視線を上げれば、彼は大事にもかかわらず、穏やかな表情をしていた。

「俺は、怒っているか？」

「……いえ」

むしろ喜んでいる。だからといって、自棄《やけ》になっているのとも違って見える。上機嫌な様子から考えても、楽しんでいるという言葉の方が当てはまった。

なぜ……という疑問をよぎらせる章人に応えるみたいに、彼は告げてきた。

「すでに知れ渡っているのに、焦っても仕方がない」

「ですが……っ」

なにか対策を打たなければ、と言い募ろうとする章人に、彼の指が唇の輪郭《りんかく》をなぞってくる。

「隠していたって、いずれは知れた」

来月には、一緒に住む約束だってしている。遅かれ早かれだと、彼は言う。

確かに、そうかもしれない。けれど、簡単に割り切れるものでもない。

苦悩の証《あかし》を眉間に刻む章人に、亮治は微苦笑した。

「それとも、俺の恋人だと言われるのは迷惑か？」

「違います！」

ただ、彼に迷惑はかけたくなかった。

なんの言い訳も出来なくて俯《うつむ》いてしまう章人に、亮治は仕方なそうな笑みをこぼす。

「いっそ、堂々としてみるのはどうだ？」

「え？」

「医師だって、恋愛は自由だろう？」

「そ……ですけど……」

周囲の目を気にせず、いられるだろうか？

それ以前に、堂々とするとは、どういう行動を指すのだろう？

(手……繋ぐ、とか？)

いや、さすがに職場でそれはない。

その職場で、隠れてキスや触れ合ったりしているのだから、否定を出来る立場にはないが……。

きっと、彼が言いたいのは、こそこそしないということだ。

「試してみないか？」

訊ねられるが、すぐに返事は出来ない。しかし、彼への愛を試されているみたいで断れもしない。

散々悩んだ結果、章人が出した答えは頷きだった。

「頑張ってみます」

亮治が珍しくにっこりと笑んでくれたが、安堵どころか一抹の不安に襲われた。

3

時刻は二十一時。定例の手術も今日はすべて終わり、今のところ緊急も一件しか入っていない。今日はもう上がろうか、と言い出す者もいる中で、麻酔科控室のドアが開いた。

「結衣先生」

顔を覗かせたのが亮治と知るや、同僚の目が一斉に章人へと向く。

『堂々とする』と決めてから、まだ半日。同僚たちの好奇心とも嫌悪ともわからない視線に、すでに心が折れそうだ。

「な……なんですか、真岡先生」

ぎこちない返事をする章人とは違い、なぜか亮治はとても楽しそうだ。

「時間があったら、お茶でも飲まないか？」

誰からか菓子の差し入れをもらったらしい。

ちょうどなにかつまみたいと思っていたところへの誘いは、正直タイミングがいい。亮治と一緒に過ごせるなら、さらに嬉しい。

だが、同僚たちの目が気になって、答えあぐねる。すると、亮治が微苦笑で訊ねてくる。

「無理か？」

　普段は人前でそうそう表情を崩さないくせに、こんなときばかり残念そうな表情をするから、どきりとする。

　居心地の悪さに俯いていると、なぜか同僚たちが背中を押してきた。

「こっちは大丈夫だから、お茶くらい飲んでおいでよ」

「緊急が入ったら、ちゃんと呼び出すから」

「でも……っ」

　気遣われているのか、追いやられているのか、判断しかねる強引さだ。狼狽《うろた》える章人だったが、突然強い力が肩を摑《つか》み、身体が引き寄せられた。

「ありがとうございます」

　傍らの亮治を驚きの瞳で見上げれば、彼は、これまた滅多に見せない人当りのよい笑みを浮かべている。

　行ってらっしゃい、という声に送り出された章人は、控室を出たところで慌てて口を開いた。

「あの……っ」

「シュークリームだけど、よかったか？」

「え？」

「差し入れ」

言葉を遮《さえぎ》るように訊ねられ、章人はぎこちなく頷きを返す。

「え、ええ……」

亮治の問いかけに勢いが殺がれてしまい、結局なにも言えずに口を噤《つぐ》んでしまった。

頑張ってみるといったものの、同僚たちの態度は気になる。嫌悪感を示されているのではない、と
思いたいが、背中を押されたのが追い出されたみたいで気になる。

(気にしすぎ……と、思いたいけど……)

やはり、院内であまり接触をしない方がいいのでは?

胸に渦巻く不安を伝えたかったが、まだ半日で根を上げるのは早い気がした。

それだというのに、章人の気持ちも知らずに亮治は楽しげだ。

「今度、手作りのシュークリームを作ってみるか」

「いい……ですね」

噂なんて、すぐに収まる。

そう自身に言い聞かせて、章人は誘われるまま外科控室を訪ねた。

ピッ、ピッ、とモニターが刻む規則正しい音を聞いていると、とても落ち着く。

（職業病だな）

悪いことではない、などと考えつつチャートのペンを走らせれば、声がかけられた。

「結衣先生、血圧は？」

「75の42です」

淡々と答えるも、一瞬、室内に緊張感が漂う。おそらく、章人に問いかけたのが亮治だったからだろう。

わりと簡単な手術で、余裕があるのがいけないのかもしれない。外科医や看護師がちらりと章人を窺ってくる。

術中におしゃべりをしたり、手を休めたりするのはわりとあることだから、横目にちらりと見られたくらいで、『不謹慎だ！』とは言わない。だが、亮治が章人にしゃべりかけるたび見るのは、やめて欲しい。

亮治とはすれ違いの日々も多いというのに、こんなときばかり、なぜか連日仕事が重なっている。

一緒に仕事が出来て嬉しい気持ちに嘘はないが、昨日といい今日といい、同僚たちの目がやけに気になる。

昨夜だって、亮治から誘われるまま外科控室を訪れたら、室内が妙な緊張感に包まれた。誰も話しかけてこないのに、穴が空きそうなほど見られて、シュークリームの美味《おい》しさもあまり覚えていない。

しかし、医局ならまだしも、手術室でもこんな状態では、いつか仕事に支障が出そうで怖い。そうなる前になにか対策を打ちたいが、これといった案が浮かばない。

思わず溜息《ためいき》が落ちそうになって気を引き締め直せば、またも亮治の声がかけられた。

「結衣先生、これが終わったら時間はあるか？」

もう胸を閉じはじめたせいかもしれないが、亮治がプライベートな会話を寄越す。しかし、章人は単調に返した。

「そういう話は、終わってからにしてください」

「一緒に、昼飯を食べないか？」

後にしてくれ、と言ったにもかかわらず、さらに言葉を重ねてくるから眉間に皺を寄せた。

思い悩む章人とは正反対で、彼の態度はとても呑気《のんき》だ。呑気というよりも、この状況を楽しんでいるようにさえ感じる。

いけないとわかっていても、つい口調が尖《とが》ってしまう。

「後にしてくれと、言ったでしょう！」

途端に室内の空気がざわっと揺れるのが気になって、どうにも黙っていられなかった。

「先生方、まだ終わっていませんよ」

「は、はいっ」

章人の滅多に聞かれない不機嫌な声に、外科医も看護師も慌てて仕事に集中する。全員が気を引き締め直したというのに、亮治だけはくすくすと声を立てて笑う。

「真岡先生！」

「はい」

咎めるために呼んでも、亮治の雰囲気は悪戯《いたずら》を楽しむ子供みたいだ。今にも鼻歌を歌いそうな上機嫌の彼を見ていると、苛立ちのような不安が湧き起こってくる。

（なんで、そんな気楽でいられるんだ……！）

男同士の付き合いに批判が出て、同じ職場にいられなくなるかもしれない、とは考えないのだろうか？

過剰な心配もどうかと思うが、不安が治まることもない。

だが、いらぬ感情は胸の奥へとしまいこみ、もうすぐ終わるだろう仕事に集中した。

ほどなくして手術は終了し、ホッとする。挨拶を済ますと、さっそく亮治が近づいてくるから、章人は緊張を走らせた。

「結衣先生」

亮治が名前を呼ぶと、患者を運ぼうとした看護師や、部屋から出て行こうとした外科医たちも立ち止まる。こちらを窺ってくる視線にも構わず、彼は誘いをかけてきた。

「昼飯はどうする？」

誘われるのは嬉しいが、他の者に見られていると思うと、頷くのが躊躇われる。

視線も上げず黙せば、さすがに亮治も察するところがあるのか、苦笑をこぼした。

「時間があるなら、食事くらい付き合ってくれないか？」

次の手術も定例で、一時間後にある。患者の容体を確認し終えたら、食事をするくらいの余裕はとれる。

せっかく一緒に過ごせるチャンスを逃したくないから、断りたくないが、章人の返事を待っているのは、なにも亮治だけではない。部屋に残った者たちまで、章人の返事を待つみたいに、じっと見てくる。

皆、なにを考えて見ているのか気になるが、問うことも出来ない。

居心地の悪さを感じつつも、『堂々としよう』という亮治の言葉を思い出して頷く。

「……はい」

返事をすれば、周囲の空気が、またもやざわりと震える。

好奇心なのか嫌悪感なのか、わからないから余計に怖い。今にも逃げ出したくなる気持ちをぐっと耐え、亮治と中庭で落ち合う約束をした。

売店で適当なものを買っておいてくれると言う彼とは、一度その場で別れを告げる。それに合わせて、様子を窺っていたスタッフたちも移動をはじめる。

人が引けるとどっと疲れて、深い息が漏れた。そこへ、年配の女性看護師たちが近寄ってきて、耳打ちをしてくる。

「結衣先生、中庭だったら彫像の脇のベンチがおすすめですよ」

「へ、へぇ……」

頷いたものの、彼女たちがなにを言いたいのか気づき、愛想笑いにも力が入らない。

指定されたのは、庭の突き当りに位置し、据えられた彫像と茂る草花がベンチを隠す。中庭で一番人目につきにくく、そして一番目立つ場所だ。たまに、恋人や不倫と噂のある医師や看護師が座っているせいで、人々の好奇心を誘う。

病院スタッフならば誰でも知っている場所を、なぜ、あえて勧められたのだろう。

悪気はない、と思いたいが、どうしても勘繰ってしまう。

(これ以上、注目されるなんて冗談じゃない！)

教えてもらったのに悪いが、その勧めは受けられない。

それでも、社交辞令として礼を言えば、彼女たちは満足そうに仕事へと戻っていく。

章人の形良い唇から、人知れず吐息が落ちた。

院内で使用するピッチから亮治に電話をかければ、彼はあろうことか彫像の脇にあるベンチで待っていた。

「なんで、そこなんですか」

つい目が据わるのは、許して欲しい。それなのに、亮治は悪びれもせず訊ね返してくる。

「いけないか？」

「いけません」

「なぜ？」

なぜ、と問われると答えにくい。

「ここは、その……人目に付きにくいというか……人目につきやすい場所なので……」

たどたどしく説明して移動を促そうとするが、亮治の方はさっぱり意に介した様子はない。

「今さら、隠すような仲じゃないだろう」

「ですが……っ」

ベンチを二度叩き、座れと促される。だが、素直に腰かけられるのは躊躇われる。

所在無げに立ち尽くす章人に、亮治はもう一度ベンチを叩いた。

「一緒に、飯を食うだけだ」

「そ……ですけど……」

なにもしない、と言外に伝えてくる彼に、多少不愉快気味に返す。

「昨日は、肩を抱いたじゃないですか」

「抱いた、というか、引き寄せただけだな」

ニュアンスの違いだけだと感じても、否定は出来ない。それでも渋面を浮かべれば、亮治が譲歩してくれた。

「今後は、気をつける」

そう言われたら、章人とて頷くしかない。

渋々といった具合でベンチに腰を下ろせば、サンドウィッチとオレンジジュースが手渡される。

口数も少なく受け取り、サンドウィッチのビニールを外していると、亮治が苦笑交じりに謝罪を寄越してきた。

「悪かった。少し、意地悪が過ぎた」

楽しそうにしていたのは、やはり彼の意地悪だったらしい。

なぜそんなことをするのか、戸惑いの瞳を向ければ、亮治は伝えにくそうにしながらも教えてくれる。

「章人の恋人だと言えるのが、嬉しかったんだ」

年甲斐《としがい》もなくはしゃいで、すまなかった。

そう謝罪を向けてくる彼に、章人は急いで首を振った。

「いえっ……俺も、過敏になり過ぎていました」

そもそも、今回の原因を招いたのは章人自身だ。亮治ばかり責められない。

彼と同じに謝罪を向けようとしたが、止めた。

「謝らなくていい。確かに、行き過ぎだった」

「でも、俺が……」

「いや、戸惑う章人が可愛くて、いじめたくなったのは事実だ」

可愛いと言われても喜べないし、むしろ大人の男に対して言うなんて、馬鹿《ばか》にしているのかと思わなくない。だが、彼の瞳に甘さが窺えるから、愛されている実感がある。

「男に言うセリフじゃありません」

不快にすら感じない自分自身に呆《あき》れながらも返すが、亮治はなぜか首を振った。

「愛《いと》しい恋人だ。可愛《かわい》いに決まっている」

「また、そういうこと……っ」

愛しい恋人と言われて、鼓動が大きく跳ね上がる。

彼の言葉は、時に心臓に悪い。

羞恥心から赤くなった顔を、亮治が眦を甘く垂らして眺めてくる。余計に恥ずかしくなって、章人はそっぽを向きつつ抗議する。

「……こっち、見ないでください」

抗いながらも自分から顔を背けてどうする、と思わなくなかったが、彼の方を向いてはいられなかった。

照れを誤魔化すようにジュースを飲む章人に、亮治はいくらか声のトーンを落として告げてくる。

「章人が、周囲の目を気にする気持ちが、理解出来ないわけじゃない。だが、章人を愛する気持ちに偽りはない。だから、俺は胸を張っていたいんだ」

「っ……!!」

突然の言葉に意表を突かれ、彼から逸らした顔を戻す。

すると、亮治が慎重に言葉を紡いできた。

「たとえ、俺たちの関係をけなす奴がいても、聞き流せばいい。男同士が駄目だと批判する奴は、仕事で黙らせる。そんな煩《わずら》わしい思いに、貴重な時間を割く必要はない」

それよりも、お互いに足りないと感じている時間をいかに作るか、考える方が有意義だと言う。

彼のまっすぐな想いと強さに、憧憬を覚えると同時に、自分自身の覚悟の足りなさが浮き彫りにされた気がした。

（俺は、隠すことばかり考えていた……）

言い換えれば、彼との関係に後ろめたさや恥を感じている、ということでもある。

男同士といえども、愛する人だ。その愛する人との関係に胸を張れないなんて、口先ばかりの愛でしかない。

「そうですよね……大事なのは、俺たちの気持ちですよね」

現在の環境を守るため、世間の目を気にして保身にばかり走ってしまった。

一番大事なことを忘れていた自身を恥じる章人に、亮治が口調をやわらげて告げてくる。

「俺は、今回の件を悪くないと思っている」

「え……？」

「章人が誰の者か、声を大にして言いたいと思ったことは、何度もある。いっそ暴露してやろうと考えたときもあったが、大人気ない、と自分に言い聞かせて踏み止まった」

「真岡先生？」

「嫉妬《しっと》するのは、お前だけじゃないんだ、章人」

「あ……」

章人が貴子に嫉妬したように、亮治もまた誰かに嫉妬してくれたと言う。

彼の告白が嬉しくて、胸が震える。

忘れ去ったはずの羞恥が再び戻ってきて、顔だけでなく首や手の先まで熱くなった。

「で、でも俺には、そういう相手なんて……」

以前はいくつかあった見合い話も、最近はない。仕事漬けの毎日で、友人の女性とすら会ってもいない。

看護師や同僚の女性医師にしたって、仕事以外の会話はほとんどしない。なにより、女性スタッフの人気は、亮治が独占している状態だ。嫉妬されるような状態にはない、と言いかけて、章人は思い当たる人物の名前を口にした。

「もしかして、加奈《かな》ちゃんのことを言っているんですか？」

加奈は、先天性の大動脈弁狭窄《きょうさく》を患っていて、数か月前まで入院していた少女だ。今も定期的に健診にやって来るが、彼女が訪れるのは内科なので、なかなか会うことはない。なにより、加奈はまだ子供だ。

「まだ十歳の子供ですよ？」

嫉妬の対象にはほど遠いと笑えば、傍らで呆れた小声が呟《つぶや》かれた。

「そんな鈍くて、今までよく無事だったな」

「なんですか？」

「…………」

よく聞き取れなくて首を傾げたが、亮治は答えを拒否するようにサンドウィッチを頬張《ほおば》る。待っていても言葉が発せられないので、諦めて章人もサンドウィッチを食べはじめる。それを確認してから、亮治はおもむろにポケットから紙を取り出して、見せてきた。

「昨晩、家のファクシミリに届いていた」

渡された紙を広げてみれば、部屋の間取りが載っている。

「これって……」

「本当は驚かせたかったが、教えてしまったからな。もう、ひとりで決める必要はない」

「いいんですか？」

彼の言葉から、『一緒に選ぼう』という意図が窺えた。せっかく驚かせようと計画していたのに、本当にいいのか問えば、亮治は小さく肩を竦める。

「一緒に選んだ方が、より楽しいだろう？」

甘い瞳に見つめられて、湧き上がってくる喜びを、章人は満面の笑みで返した。

「そうですね」

喜ぶ章人に満足なのか、亮治も穏やかな笑みを浮かべた。

4

亮治との昼食を終えて、気分も新たに手術室へと向かえば、こぞって視線が章人へと向けられる。たまたま手術を終えたばかり者、これから手術に入る者で、手術室前の通路が医師や看護師で賑やかだった。

それが一瞬にしてシンと静まり見やってくるから、さすがにたじろいだ。

だが、ここで狼狽えたり後ろめたさを感じたりするのは間違っているとわかったから、章人は見知った女性看護師を見つけて口を開いた。

「先ほどは、いい場所を教えてもらって、ありがとうございました。おかげで、恋人とゆっくり過ごせました」

誰のこと、とは言わなかったが、『恋人』と言葉にした瞬間に空気が震えた。

動きすら止まった通路で、声を発したのはベンチの場所を教えてくれた女性看護師だ。

「真岡先生と、ですよね？」

おそらく噂を知っていて、手術室の会話も知っているのに、確認をしたいらしい。

だから章人は、綺麗《きれい》に笑った。

「はい。真岡先生です」

頷いた途端に、これまでとまた違った意味で空気が震えた。

「だから本当だって言ったじゃないですか！」

「俺の勝ちだ！　夕飯は奢《おご》ってもらうぞ！」

「真岡先生を他の女に取られるよりはいいけどぉ、ずっと狙ってたのにぃ」

「えー、私は萌《も》えるんだけど！」

「ちょっ、結衣先生は俺が……っ！」

手術室前とは思えないざわめきが一気に湧き起こって、あたふたとする。

「あのっ、手術している部屋もあるので――」

静かに！　そう続くはずだった言葉は、背後から放たれた声に止められた。

「手術室前で騒ぐなんて、医療従事者にはあるまじき行為だな」

言葉のわりには機嫌のよさが窺える声に振り返ると、案の定、亮治がいる。

彼の叱責に騒ぎはぴたりと止まり、誰も彼もそそくさと仕事へと戻って行った。

そもそも、こんな場所で突飛な発言をした自分が悪い。

すごすごと立ち去るスタッフに申し訳なさを覚えつつ、章人は亮治へと向き直った。

「すみません、俺のせいです」

「聞いていた」

ドアを指さす亮治に、羞恥心で顔が赤らむ。

それでも、言葉にしたことに後悔はない。むしろ、すっきりとして気分がいいくらいだ。

「好きです、亮治さん」

まっすぐ瞳を見つめて告げれば、彼の手の甲が、章人の手の甲に軽く触れる。

「俺も、愛している」

手術前のほんの一瞬に、交わせる想いには限界がある。

それでも、こうして二人の時間をもてるのは、やはり嬉しい。

「じゃあ、また後で」

「ああ、またな」

そのときは、一緒に住む部屋の相談でもしよう。

愛しい想いをこめた視線を、二人はお互いに交わし合った。

決断の瞬間

1

都立の病院としては、有名な笹山総合病院に勤め出して、およそ五カ月。

真岡亮治《まおかりょうじ》は、ぶち切れる寸前だった。

「今日は俺、結衣《ゆい》ちゃんと一緒なんだ」

「俺は、明日一緒だから」

同じ心臓外科の同僚が、『結衣ちゃん』と称するのは、亮治の恋人である結衣章人《あきと》のことだ。

初めてその名を聞いたのは、勤務前の挨拶に訪れたときだ。

心臓外科の控室に入ったとき、今のように、ちょうど話題に出ていた。

たいして興味はなかったので聞き流したが、その正体が男で、しかも中庭で見かけた医師だと知ったときは、好意よりも反感を覚えたものだ。

だが、すぐに同性であることなど忘れて惹《ひ》かれ、めでたく恋人の座を射止めた。

とはいえ、いくら認められている性癖とはいえ、同性同士の恋愛に反発を持たれるのも現実だ。

亮治と章人、どちらともなくお互いの関係を秘密にしてきたが、それが裏目に出たといっていい。

「この前の宿直のとき急患が入って麻酔科を訪ねたら、ちょうど結衣ちゃんが当番だったんだ。そうしたらソファで寝ていたらしくて、起き抜けの気だるい顔がまたそそるんだよ」

「見たことある。あの表情はいいよな」

手術の合間の息抜きに、若い同僚たちが、たまに章人の噂《うわさ》をする。彼らの内ひとりはゲイで、もうひとりはバイらしく、わりと頻繁《ひんぱん》に男の話題を口にする。

自由の国アメリカでも、ゲイを隠す者は多いというのに、いつから日本はこんなにもオープンになったのだろう。十代半ばで渡米した亮治にとって、人前でも堂々と同性の趣味があることを隠さない彼らに、最初はとても驚いた。

だが、章人と恋人関係になってからは、あけっぴろげな彼らが少しだけ羨《うらや》ましい。

「結衣ちゃんにコナかけても反応ないからノンケなんだろうけど、もうノンケでもいいかと思うよ」

「安定した生活と金しか頭にない女より、結衣ちゃんの方が魅力あるしな」

確かに、章人は綺麗《きれい》な顔をしている。仕事に対するプライドも高いし、患者に接する態度もやわらかくて優しい。

それだけでも充分魅力的だが、不思議と惹きつけられる。ノーマルだった亮治でさえ、彼に恋をしたくらいだ。同性に興味がある男から好かれるのもわからなくないが、いただけないのは、それが複数人いるというところだ。

「この前、脳外の立花《たちばな》先生が結衣ちゃんの尻《しり》に触ってた」

「ギネの市村《いちむら》先生も、あやしいって聞いたな」

それは初耳だ、と頭の中で脳外科の立花と産婦人科の市村にチェックを入れる。

ここに恋人がいるともしらず、情報を垂れ流してくれるのは有り難いが、そろそろポーカーフェイスも限界が近い。

こんな会話が、ひどいときは毎日なされているのだから、亮治にとっては嫉妬《しっと》地獄の連続だ。

あまりに聞いていられなくて席を立ってみるも、彼らが章人をどんな目で見ているのか、どんな妄想をしているのか考えると、逆に心配になってくる。

嫉妬なんてたいしてしたことがないので、正直戸惑《とまど》った。

感情を持て余し、衝動的に章人に会いたくなって、夜中に着替えて外へ飛び出したときもある。けれど章人の自宅前まで来て、電気が消えているのを見ると、自分の衝動に付き合わせるのが可哀想《かわいそう》になった。

せめて電話の一本、メールの一通でも出来たら多少は嫉妬も違うのかもしれない。

しかし、お互いに医師として忙《せわ》しない日々を送っていて、眠れるときには眠っておく、というのが基本にある。そのせいだろうか、たかが電話やメールすら躊躇《ためら》ってしまう。

解消されない嫉妬は募るばかりで、いつ切れてもおかしくない状態だ。特に、最近ひどいと感じるのは、きっと彼らの会話のせいだ。

「本当、最近の結衣ちゃん、妙に色っぽいよな」

「女みたいな媚《こ》び売る色気じゃないから、余計にそそられる」

そんな言葉を聞いて、思わず声が上がりそうになった。

だが、それをすんでのところで止めてくれたのは、誰でもない章人だ。

「真岡先生、昨日の患者さんのことで、少しいいですか？」

噂の彼が顔を覗《のぞ》かせるものだから、一瞬で同僚たちが口を塞ぐ。

彼のいいところは、口ではなんだかんだ言っても、章人に知られないようにしていることだ。

そして、同僚が噂をしていた『結衣ちゃん』が、自分の名前を呼んだのも亮治には気分がいい。

「ああ、ちょうどよかった。様子を看《み》に行こうと思っていた」

同僚たちの視線を背中に感じつつ、章人を促して部屋を出る。

ＩＣＵに入っている患者のもとを訪れ、章人と容体の話をした後で、彼を非常階段に連れ出した。

「なんですか？」

そう訊《たず》ねてくるものの、非常階段に連れ出された意図がわかるのだろう。怪訝《けげん》な表情で睨《にら》んでくるものの、頬《ほお》がほんのりと赤く染まった。

確かに、このところの章人は、やけに色気がある。

色白のシャープな頬を薔薇《ばら》色に染め、睨みながらも期待で瞳《ひとみ》を潤《うる》ませる。腰に手を回せば身体を軽くよじってみせるが、本気で嫌がっている仕草ではない。

「キス、させてくれ」

耳元で囁《ささや》くと、細身の体軀《たいく》が小さく震えた。

「駄目、です」

かすれた声で拒否を吐くが、嫌がっていないのは一目瞭然《りょうぜん》だ。章人は目に見える態度よりも、身に纏《まと》う色気の方がわかりやすい。

フェロモンという見えない匂《にお》いを散りばめ、雄を集める動物や植物と同じだ。

(俺も、それに群がる雄のひとりだな)

唇を寄せると、章人が長い睫毛《まつげ》を震わせて目を伏せる。

待ち望んでいたと言いたげな表情は、欲情させるのに充分過ぎた。

彼が目を閉じたのを見届けてから唇を重ね、甘く食《は》んでから舌を差し込む。

「ん……」

漏《も》れ出る声と、唾液《だえき》が絡む音が、コンクリートの壁に反響する。それがまた官能的で、全身の熱が下肢へと集まり出す。

最後に章人を抱いてから、すでに三週間。欲求なら、大分溜まっている。

もともと性欲には淡白な方だと思っていたが、彼を抱いてからは考えを改めた。

三週間前の夜を思い出して、自慰《じい》をするのも限界なほど、章人を渇望している。

キスだけでも高まる気分に、このままではまずい、と思いながらも章人を離せない。

「章人」

熱い吐息と共に名前を呼び、さらに求めるため、彼の白衣をかき分けて胸に触れる。

だが、そこで章人本人から制止を投げかけられた。

「駄目ですっ、こんなところで……っ」

声を潜めて言いながら、身体を押し返してくる。

もちろん、亮治だって場所柄これ以上は無理だとわかっている。けれど、章人のさらに上気した頬や濡れた唇を見るだけで、勝手に欲望が高まるからどうしようもない。なにより、物足りなさを浮かべて濡れる瞳が、欲情を煽《あお》る。

(ああ……くそっ、下手に触れるんじゃなかった)

スラックスの中では、陰茎《いんけい》がずくんずくんと強く鼓動している。

キスだけで勃起《ぼっき》するなんて子供じゃあるまいし、と思い冷静さを取り戻そうとするも、章人を見ているだけで情動が止まらない。

「すまない……先に、戻っていてくれないか」

「真岡先生?」

物足りなさを浮かべた瞳が、心配そうな色に変化する。腕に触れようと手を伸ばしてくるから、亮治は足を引いた。

「触るな」

章人が、びくっと震えたのがわかるから、自身の冷めた口調が忌々《いまいま》しい。

「違う、章人……違うんだ」

なにが違うとはっきり言えないのは、羞恥《しゅうち》ゆえではない。

言葉にすれば、必死に抑えているなにかが口から飛び出してきそうだからだ。とはいえ、愛しい彼を不安にさせるなんて、もってのほかだ。

亮治は一つ深い息をついてから、言葉を向けた。

「これ以上お前に触れたら、我慢出来ない」

「あ……ああ、なるほど」

彼の視線がどこを向いているのか見ることさえ出来ないまま、亮治はさらに続けた。

「すまない、こんなところで」

他に言いようがなくて詫びを向ければ、向かいから小さな苦笑がこぼれた。

「いえ……俺も、期待したので」

「っ！」

章人の言葉に、ペニスがひときわ大きく脈を打つ。

そんな亮治の状態もしらずに、章人ははにかむように笑い、非常階段のドアノブに手をかけた。

「先に、戻りますね」

重い音を立てて硬質のドアを開けて、章人が一足先に戻っていく。

ひとり残された非常階段で、亮治は大きな息をついた。

「危ない……イったかと思った」

さすがに、それだけは避けたいものだ。

だが、愛しい彼に会っても状況はなにも好転したわけではない。それどころか、章人への想いがますます募って、亮治の胸を焦《こ》がす。

「章人……章人」

心と身体を落ち着かせるため壁に寄りかかるが、たった数秒前に別れたばかりの彼が、もう恋しくて仕方ない。

もっと、もっと章人が欲しい。恋人という立場だけでは足りない。もっと、彼を独占しているという実感が欲しい。

（せめて、もう少し時間が合えば……）

この仕事に不満はない。それどころか、誇りにさえ感じているけれど、このままでは自分がどうにかなってしまいそうだ。

いっそ二人で開業医にでもなろうかと、脳裏をよぎるが、それはなにかが違う気がする。

お互いに、仕事にかけるプライドを尊敬し、尊重している。真摯に仕事に取り組む章人も、亮治は愛しているのだ。

しかし、切迫した飢餓感《きがかん》すら覚える感情を、持て余しているのも事実だ。

「会いたい……章人」

一瞬前まで腕の中にいた彼と、もう一度抱きしめたい。抱きしめて、口づけて、愛を囁いて、ひとつに溶け合いたい。

想像するだけで身体が熱くなってくるから、亮治は壁から背を離した。

「トイレ、行ってくるか」

白衣を着ていて本当によかったと思いつつ、トイレの個室にこもる。

自らの手で性欲を処理したが、虚《むな》しさが残るばかりだ。

せめて章人と共にこもればよかった、などと妄想を膨らませるだけで、欲望が再び高まる。

だが、入って男たちの声に気分が一気に萎《な》えた。

「なぁ、今の結衣ちゃん見た？」

「思わず襲いそうになった」

先ほどまで控室でしゃべっていた同僚二人が、章人の噂に花を咲かす。

どうやら、キスをした後の章人と出くわしたらしい。

「やっぱり俺、結衣ちゃん諦められないよ」

「いや、諦める必要はないんじゃないか？」

「だよな」

軽口を叩きながらトイレから出て行く同僚たちに、亮治は一つ拳を握った。

（そうだ、一緒に住もう！）

亮治が章人と、同棲を決意した瞬間だった。

あとがき

このたびは『愛しい眠り』を手にとっていただき、ありがとうございます。

今回は、以前雑誌に書かせてもらったお話を、新たに新書として発行させていただくことができました。

外科医×麻酔科医という職業萌えの勢いで書いた作品で、医療従事者が身近にいないわたしは資料集めに四苦八苦したのを覚えてます。

体はわりと丈夫な方なので、わたし自身は大きな病院とは無縁です。知っているのはせいぜい町の総合病院くらい。大病院は、お見舞いで訪ねた程度しかなく、書きはじめた当時は記憶を掘り起こすのに必死でした。そのせいで知恵熱が出たのも、今となってはよい思い出ですが……。

そんなとき、たまたま大きな病院に行く機会がありまして、ここぞとばかりに施設内を見て回ってきました。

——と言っても、ただの見舞い。入れるところは限られるし、場所柄ウロウロするのも憚られる。というか、不審者扱いされては困る！

それでも、手術室のドアが開いたときは目がカッと見開きました。けど、見えたのは無機質な通路のみ……。おそらく、通路の両脇にあったドアの先が手術室なのでしょう。

さすがに、「見せてくれ！」とは言えないので、眼鏡の男性外科医をまじまじと眺め倒してまいりました。

なにはともあれ、亮治《りょうじ》と章人《あきと》を再び書かせてもらえて有り難いです！

医者という職業に対するイメージが「頭いい」というものなので、あまり大騒ぎするような人種じゃないと勝手に思い込み、二人をおとなしめの性格にしてみました。

これはこれで有りだよね～と思っていたのですが、最後の最後でなぜか亮治がアホな感じに……。まぁ、楽しかったですけどね(笑)。

彼らに対する感想などいただけたら、嬉しいです。

それと、イラストを担当してくださった高宮《たかみや》東《あずま》先生に、この場を借りてお礼を申し上げます。

やわらかい雰囲気と、キレイでカッコイイ亮治と章人が、とっても気に入ってます。本当に、ありがとうございました。

そして、最後まで読んでくださった皆様にも、お礼を申し上げます。ありがとうございました。

また次回、お会いできたら幸いです。